안녕히 계세요, 아빠

안녕히 계세요, 아빠

초판 1쇄 펴냄 2014년 10월 25일
    4쇄 펴냄 2018년 8월 6일

지은이 이경화
펴낸이 고영은 박미숙

펴낸곳 뜨인돌출판(주) | 출판등록 1994.10.11.(제406-251002011000185호)
주소 10881 경기도 파주시 회동길 337-9
홈페이지 www.ddstone.com | 블로그 blog.naver.com/ddstone1994
페이스북 www.facebook.com/ddstone1994
대표전화 02-337-5252 | 팩스 031-947-5868

ⓒ 2014 이경화

ISBN 978-89-5807-544-8 03810
CIP2014029640

안녕히 계세요, 아빠

이경화 지음

뜨인돌

1

 친한 사이라면 얼마만큼의 비밀을 공유할까? 물론 이 비밀이라는 것도 각자의 기준이 있으니까 공통분모만큼의 비밀이 친한 정도를 나타내 주는 것은 아닐 것이다.

 나이를 먹어 갈수록 비밀이 많아진다. 그건 인생이 더 파란만장해지기 때문이다. 누구의 인생? 바로 부모님의 인생이다. 우리는 점점 부모님 이야기를 하지 않는다. 설명해야 할 귀찮은 것들이 많아지기 때문이다. 귀찮은 것을 감수하고 설명을 해 봤자 이해할 수도 없다. 나도 이해하지 못하는 우리 가족을 누가 이해하겠는가? 가족이 줄어드는 공간에 다른 사람이 들어온다. 예컨대, 여자 친구 같은 것.

 내가 연주를 따라간 건 순전히 엄마가 아침에 일찍 들어오라고 말했기 때문이었다. 고등학교에 들어가더니 엄마한테서 자꾸 멀어지려 한다는 둥 이러다가 여자 친구라도 생기면 엄마는 아예 거들떠보지도 않을 거라는 둥 점점 비밀이 많아지는 것 같다는 둥 샬라샬라 아부라비.

연주는 처음부터 눈에 확 뜨이는 아이였다. 어쩌면 내 눈에만 그랬는지도 모른다. 오늘에서야 알았는데 연주는 키가 160센티미터란다. 나는 150센티미터 정도밖에 안 되는 줄 알았다. 연주는 어느 날인가 느닷없이 어깨를 넘는 긴 머리를 남자처럼 짧게 자르고 나타났는데 비쩍 마른 몸에 머리까지 그러니 영락없이 아이 같았다. 그런 아이가 4분단 맨 끝자리에 앉아 있었다.

담임 선생님은 우리더러 원하는 자리에 앉으라고 했다. 그건 어쩌면 30명이나 되는 학생들을 가장 빠르게 파악하는 방법이기도 할 것이다. 거의 성적 순으로 앉았다고 해도 틀린 말이 아니었으니까. 성적이 중간 정도인 아이들은 차마 앞줄에 앉을 생각을 하지 못했고, 공부를 못하는 아이들은 재빨리 뒷자리를 차지했다. 연주는 여차하면 도망치기 딱 좋은 자리에 앉아서 뭔가 불안해 보이기도 하고 불만스러워 보이기도 한 새까만 눈을 껌뻑이고 있었다. 그래서 내가 연주를 볼 수 있는 시간은 주로 쉬는 시간이나 점심시간이다. 공부 시간에 연주가 뭘 하는지 보려면 고개를 돌려야 한다.

그래, 나는 이른바 범생이다. 하지만 셋째 줄에 앉는다. 교실에서 셋째 줄은 몇몇 예외가 되는 아이들한테 돌아가는데, 성적과 상관없이 키가 너무 작거나 큰 경우이다. 나는 올해 175센티미터가 되었다.

야간 자율학습이 끝난 건 9시 40분이었다. 나는 윤호한테 볼일이 있다고 말하고 혼자 하교하는 연주 뒤를 살금살금 쫓아갔다. 연주는 버스도 타지 않고 지하철역 쪽으로 가지도 않고 어딘가를 향해 하염없이 걸어갔다. 시간은 10시를 넘어서고 있어서 엄마는 메시지로 모자라 본격적으로 전화를 걸어 대기 시작했다. 좀 늦는다는 문자를 보내고 핸드폰 전원을 껐다.

연주는 골목으로 들어섰다. 이상하게 어두컴컴한 곳이었다.

"다 왔어."

연주가 느닷없이 고개를 홱 돌리며 말하는 바람에 나는 뒷걸음을 칠 정도로 깜짝 놀랐다.

"알…… 았냐?"

나는 머쓱해서 말했다. 연주는 내 말에는 대꾸도 안 하고 3층쯤 되어 보이는 허름한 건물로 사라졌다. 재빨리 뒤를 쫓아갔다. 센서등이 없는지 연주는 라이터 불빛에 의지해 좁고 가파른 계단을 사뿐사뿐 올라갔다.

3층에 이르자 도어록이 부착된 현관이 나타났다. 연주는 능숙하게 버튼을 눌렀다. 문은 끼이익, 하는 무시무시한 소리를 내며 열렸다. 시멘트 냄새 같은 것이 훅 끼쳐 와 저절로 인상이 써졌다.

"냄새 좀 나지?"

"아, 아니. 그래, 조금. 어, 괜찮아."

나는 바보같이 대답했다.

연주가 이런 곳으로 오리라고는 생각히지 못했기 때문에 당황스러웠다. 그러면 대체 어쩌자는 거였을까? 무슨 기대를 한 걸까? 엄마의 간섭이 지겨워 연주를 택한 걸까?

어쩌면 소지품 검사 때문이었는지도 모른다.

화장실 환풍기에서 담배꽁초가 수북하게 발견된 것을 이유로 전교생이 불시에 소지품 검사를 당했다. 4교시였고 우리 반은 마침 미술 시간이었다. 봉주르 씨는 아방가르드하고 센스 있는 사람이라 아이들은 눈치껏, 일사분란하게 담배를 숨겼는데 봉투에 넣어서 쓰레기통에 던지거나 양말 속에 감추었다.

나는 소지품을 꺼내 책상 위에 올리며 문득 연주가 담배 피는 모습을 상상했다. 한 번도 본 일이 없으면서 말이다. 아니, 담배 핀다는 말은 들은 적도 없었다. 아이 같은 애가 담배 피는 모습은 왠지 더 불량해 보일 것만 같았다.

교실 뒤쪽에서 킥킥거리는 소리가 났다. 나는 웃음소리의 진원지가 궁금해서가 아니라 연주가 소지품 검사를 무사히 통과했는지 궁금해서 뒤를 돌아보았다. 그런데 웃음소리는 연주 자리에서 나오고 있었다.

"이게 다 뭐니?"

연주의 소지품이 아이들을 웃기고 있었다. 봉주르 씨는 아주 흥미롭다는 듯이 연주의 물건을 하나하나 들어 올리며 특유의 발음으로 호명을 했다.

"퀘엔. 코크 퀘엔."

"파알대. 팔대."

"놔이프."

"오호~. 꽝치. 꽝치."

캔과 빨대, 나이프, 귀이개, 못과 망치, 나뭇조각은 어떤 공통분모가 있는 걸까?

아무리 생각해도 모르겠다. 연주처럼 그 물건들은 교실과 어울리지 않았다. 나는 그걸 물어보고 싶었던 것이다. 연주가 왜 쫓아 오냐고 물어보면 그 이야기를 할 생각이었다.

"쥐도 좀 다니는 것 같아, 내가 쥐똥을 봤거든."
연주는 그 말을 하며 불을 켰다. 검은 물체 하나가 휘익 지나가는 게 보였다.
"엄마야!"
나는 소리를 지르며 연주 어깨를 두 손으로 꽉 붙들었다.
"괜찮아. 냥이야."
"냥이?"
"응. 고 씨, 고냥이. 여기 자주 와. 쥐 때문에 오나 봐, 식사하러."
연주는 아무렇지도 않게 말했다. 순간 정적이 밀려들었다. 연주의 어깨는 너무 작고 연약했다. 그리고 연주 뒤에 숨기에 나는 너무 컸다. 얼굴이 확 달아올라 후다닥 어깨에서 손을 뗐다. 내 손에서 놓여난 연주는 아무 말없이 뚜벅뚜벅 걸어가더니 창문을 열고 밖을 보았다. 살짝 보이는 연주 옆얼굴이 웃고 있었다. 까만 밤을 올려다보고 있는 조그만 얼굴은 너무 희었다. 이상하게 호흡이 곤란해지기 시작했다. 나는 얼른 연주에게서 시선을 떼었다.
정말 뭐라 설명하기 힘든 공간이었다. 한마디로 표현하라면 정말 지저분한 곳이었다. 고양이가 살아 있는 쥐를 요리하기에 딱 적당한 곳이라고 할까. 잔뜩 낙서가 된 나무 탁자와 나무 의자 세 개, 오 단짜리 선

9

반에는 물감이랑 붓 같은 것들이 쌓여 있고, 그 옆으로 그림이 그려진 도화지들이 저절로 말린 게 분명한 모양으로 바람결에 굴러다니고 있었다. 창문 아래, 라면 상자에는 잡동사니들이 마구 처박혀 있었는데 아기들이 갖고 노는 블록이나 자동차 같은 것들이 눈에 뜨였다. 바닥에 버려진 것처럼 굴러다니는 물건 중에 흥미를 끄는 것들이 보였다. 교통경찰이 순찰할 때 쓰는 야광봉, 차들을 통제할 때 사용하는 플라스틱 삼각뿔, 어느 레스토랑 앞에 세워졌을 법한 메뉴판들이었다.

연주는 가방을 뒤지더니 소지품 검사에서 아이들을 웃겼던 물건들을 하나하나 꺼내 라면 상자 옆에 나란히 늘어놓았다. 꽤 진지한 모습이었다. 어쩌면 이 방 안에 아무렇게나 놓인 듯이 보이는 물건들도 꽤 생각해서 배치한 것인지도 모른다는 생각이 들었다.

"바람 분다."

연주는 말끝에 다시 가방을 뒤지더니 담배를 꺼냈다. 나는 마음을 얼굴에 드러내지 않기 위해 노력했다. 말하자면 놀랐다거나 싫다거나 하는 것 말이다.

"좋은 데 가자."

연주는 그렇게 말하면서 거침없이 뚜벅뚜벅 걸어가더니 내가 처음 이 방에 들어왔을 때 화장실인 줄 알았던 문을 열었다.

"양말 벗어야 돼."

연주는 나를 돌아보며 말했다.

"나는 스타킹에 구멍 나서 괜찮아. 거의 안 신은 것 같거든."

연주는 다시 고개를 돌리고는 까만 밤으로 쏙 들어갔다. 잠시 뒤 연주의 새하얀 얼굴이 쑥 올라왔다.

"너도 와."

나는 조심스럽게 밤을 열고 있는 문으로 다가갔다. 문 밑은 딱 연주 가슴 높이 정도로 푹 꺼져 있었다. 그리고 그곳으로부터 지붕이 이어져 있었다.

"거긴 어디야?"

"옆집 지붕."

연주는 그렇게 말하며 두 팔과 다리를 이용해 재빠르게 지붕을 타고 올라갔다. 마치 고양이 같았다. 지붕은 가팔랐다. 연주가 아슬아슬하게 앉아 있는 뒤로도 깎아지른 것처럼 날이 선 지붕이 이어져 있을 것만 같았다.

"너도 올라와."

연주는 담배에 불을 붙이며 말했다. 그러느라 가느다란 몸이 휘청했다. 나는 깜짝 놀라 급하게 문밖으로 다리를 내밀었다. 서두른 탓인지 그만 미끄러지고 말았다.

"양말 벗어야 돼."

목소리에 웃음기가 있었다. 얼굴이 화끈 달아올랐다. 얼른 양말을 벗었다. 발바닥을 대 보았더니 걸을 만한 것 같았다.

"빨리 걸어야 해. 그래야 안 미끄러져."

연주 말처럼 빠르게 걸어 올라갔다. 거기까지는 좋았는데 아무렇지도 않은 척 몸을 굽혀 연주 옆에 앉으려다가 다시 미끄러졌다. 연주는 내 쪽은 보지도 않으면서 손을 뻗어 팔을 꽉 잡아 주었다. 자리에 앉아 고개를 돌려 뒤를 보았다. 지붕이 꽤 길게 이어져 있었는데 올라온 곳보다는 완만했지만 넘어지는 상상을 하면 아찔했다.

"시원하다."

나는 무서움을 날려 버리기 위해 느릿느릿 말했다.

"응. 시원하지?"

연주는 내 말을 받으며 까만 밤하늘에 하얀 연기를 올렸다. 별까지 총총 떠 있는 정말 예쁜 밤이었다. 고양이 한 마리가 도도하게 걸어오더니 연주 옆에 앉았다. 아까 그 고양이인가 보았다.

"새벽에는 더 예뻐."

연주는 말했다.

"해가 뜰 때 말이야."

나는 아무 말도 하지 못했다. 연주가 좀 남다르다는 건 알고 있었다. 연주는 혼자 다니지만 친구가 없다고도 할 수 없다. 혼자 있는 게 자연스러워 보이지만 다른 아이들하고 어울릴 줄도 안다. 아니다, 그런 건 하나도 중요하지 않다. 이런 걸로 내가 연주를 안다고 할 수 없다.

나는 연주에 대해 아는 게 하나도 없다. 그렇게 생각하니 오히려 연주를 알 것만 같은 착각이 들었다. 공부와는 상관없는 찌그러진 캔이나 망치, 나뭇조각 같은 걸 학교에 가지고 오는 아이, 방과 후에는 세상에서 버려진 것 같은 물건들이 있는 엉망진창인 창고에 와서 도둑고양이처럼 지붕을 타고 올라가 담배를 피우며 해가 뜨는 모습을 보는 아이.

연주는 어떤 아이일까?

나는 물어보고 싶은 게 많았지만 왠지 그러면 안 될 것 같았다. 고양이와 함께 나란히 지붕에 올라앉아 하늘에 총총 떠 있는 별을 볼 때는 사람이 만들어 낸 언어 같은 걸 사용하면 안 될 것 같았다.

2

집 앞에 도착해 시계를 보니 12시 5분 전이었다.

조심스럽게 도어락을 올리고 버튼을 눌렀다. 삐리, 하는 김빠지는 소리뿐 현관문은 열리지 않았다.

핸드폰 전원을 켰다. 서른 통이 넘는 문자메시지는 모두 엄마한테 온 것이었다. 걱정으로 시작된 메시지는 감정이 고조되면서 분노로 치닫고 있었다. 도어락 비밀번호는 엄마가 바꾼 것이다. 스크롤을 빠르게 올리며 메시지를 살펴보는데 손가락이 저절로 멈추었다.

네가 나한테 어떻게 이럴 수가 있니!

요즘 부쩍 자주 듣는 소리다. 초등학교 5학년 때 아버지가 집을 나가고 난 후 엄마는 "너는 나한테 그러면 안 된다." 하는 말을 자주 했다.

그 말이 "네가 나한테 어떻게 이럴 수가 있니!"로 바뀐 걸 보면 엄마한테 아버지가 실패작이었듯 하나뿐인 자식도 실패작이 되어 가고 있는 것 같다.

초인종을 눌렀다. 예상대로 기척이 없다. 현관 앞에 있다는 메시지를 넣은 뒤 벽에 기대어 섰다. 화가 풀릴 때까지 기다리는 수밖에 없다. 초인종을 누르거나 현관문을 쾅쾅 치거나 엄마 핸드폰으로 전화를 계속 걸어 대거나 혹은 엄마가 한 것처럼 폭풍 문자메시지를 보내는 건 안 된다. 엄마는 내가 그러면 더 괘씸하다고 했다. 기다리는 것, 그것이 엄마가 내리는 첫 번째 벌이기 때문이다.

하늘이 더 깊어졌다.

연주는 집에 잘 갔을까? 우리는 얼마나 오랫동안 지붕 위에 앉아 있었던 걸까? 엄마가 화내고 있는 것 따위 아랑곳없이 마음은 연주와 함께 올라앉아 있던 지붕 위로 달려갔다.

연주는 몸을 까딱거리며 콧노래를 했다. 처음 들어 본 멜로디였는데 어설픈 듯 신선했다. 고양이가 가끔 가르릉거리며 장단을 맞추었다.

"춥다."

연주는 무릎을 세우고 앉아 있었는데 그사이 얼굴을 파묻으며 말했다. 그제야 나도 발이 시려운 걸 알았다. 연주는 발도 하얗고 조그맸다. 포개고 있는 두 발이 내 한 손에 쏙 들어올 것 같았다. 나는 연주의 발 위에 손을 얹었다.

"따뜻하다."

연주의 목소리가 내 귀에 앉았다.

15

나는 손에 힘을 주었다. 생각처럼 연주의 두 발은 내 손에 쏙 들어왔다. 내 손의 온기가 모두 연주의 발로 가고 난 후에도 나는 그러고 있었다. 어떻게 해야 할지 몰랐다. 가슴은 세차게 뛰고 있었고 긴장한 탓에 땀이 나는 것 같았다.

나는 지금껏 여자 친구와 사귀어 본 적도 없고 키스를 해 본 일도 없다. 연주 같은 애와 지붕 위에서 첫 키스라면 꽤 낭만적일 것 같았다. 생각이 거기까지 미치자 손이 점점 더 무거워지기 시작해 바윗덩어리처럼 느껴졌다. 손이 점점 더 차가워지고 축축해져 연주가 불쾌하게 느낄 것 같아 걱정이 되었다.

손을 떼고 나면 이 손을 어디다 두어야 하는 걸까? 역시 키스를 하기 전에 해도 되냐고 물어봐야겠지? 연주가 두 눈을 감는다면 허락했다는 신호라고 생각해도 괜찮을까? 어떤 자세가 좋을까? 한 손으로는 어깨를 잡고 다른 손으로는 연주의 조그만 턱을 들어야 할까? 아니면 머리나 뒷목을 가볍게 잡아야 하는 걸까? 허리는 너무 야하겠지? 가슴은? 내가 거기까지 상상했을 때였다.

"축축해."

연주가 말했다.

"네 손 말이야. 축축해서 차가워."

연주는 그렇게 말하고는 몸을 일으키더니, 고양이처럼 지붕을 타고 오르던 때와는 다르게 사람처럼 두 발로 걸어 내려갔다. 그러더니 고개를 돌려 내게 짧은 시선을 한 번 주고는 문을 열어 환한 빛 속을 가볍게 타고 넘어갔다. 이번에는 연주의 다리와 몸통만 보였다. 연주는 무

16

릎을 굽혀 얼굴을 드러내고는 내려오라는 손짓을 했다. 일어서는데 다리에 힘이 없었다. 슬쩍 한 다리를 뻗자마자 가속도가 붙어 다다다, 소리를 내며 넘어질 듯 내려오다가 곤두박질까지 칠 뻔했다. 두 손을 뻗어 벽과 충돌하는 건 겨우 막았다. 좋던 운동신경도 이럴 때는 허당이다. 방으로 타고 오르는 일도 쉽지는 않았다.

"뭐, 먹을래?"

연주는 물었다.

"먹을 게 있어?"

"되게 맛있는 거 있어."

연주는 의자를 선반 앞에 당겨 놓고는 그 위로 올라가더니 선반 위에 있는 플라스틱 상자 속을 곰곰이 들여다보았다. 의자를 잡아 주기 위해 다가가려는데 연주는 이미 내려오고 있었다. 한 손에 라면이 들려 있었다. 연주는 라면 봉지를 뜯어 스프를 붓고는 해맑게 웃으며 흔들기 시작했다. 마치 마술을 하는 것처럼. 연주가 흔들기를 멈추면 라면 봉투가 저절로 열리고 노랗고 빨간 나비들이 일제히 하늘로 날아오를 것만 같았다.

연주는 라면 봉투를 뜯어 탁자 위에 올려놓았다. 꼬불꼬불한 라면들이 잘게 부수어져 붉은 스프를 뒤집어쓰고 있었다. 연주는 그중 큰 것을 하나 골라 조그맣고 빨간 입속에 쏙 집어넣었다. 아드득, 하는 소리가 났다.

"너도 이런 거 좋아해?"

"응, 되게."

대답은 했지만 한 번도 먹어 본 일이 없었다. 연주는 손에 묻은 스프를 혀로 핥았다. 나는 차마 그것까지는 따라하지 못했다.

우리는 라면을 먹고 의자를 창가로 끌고 가 앉았다. 연주는 의자에서 미끄러지는 것처럼 엉덩이를 쭉 내리더니 두 다리를 창문턱에 대었다. 평소 자주 하는 자세인가 보았다. 하긴 밤하늘을 보기에는 그런 자세가 딱이다. 나도 연주처럼 앉았다. 연주의 가느다랗고 귀여운 다리 옆으로 제법 어른 같은 두껍고 긴 다리가 나란히 놓였다.

"며칠 있으면 내 생일이야. 열일곱 번째 생일."

연주는 뜬금없이 말을 꺼냈다.

"아주 특별한 생일 선물을 해 줄 생각이야. 나한테."

연주는 나를 돌아보았다. 어떤 선물일까? 연주 같은 애가 특별하다고 하면 정말 특별한 선물일 것 같았다.

"맞춰 볼래?"

연주는 얼굴을 잔뜩 찡그리면서 웃었다. 너무 이상하게 웃어서 아무도 흉내 내지 못할 것 같은 웃음이었다. 연주의 동그란 눈에 눈물이 맺힌 것 같은 착각은 별빛이 만들어 낸 장난일지도 몰랐다.

"뭔데?"

나는 물었다.

연주는 밤하늘에 시선을 주며 창턱에 걸친 다리를 내려 깍지 낀 손으로 꼭 끌어안고는 두 눈을 감았다.

"아빠."

연주는 그렇게 말했다. 잠결에 부르는 소리처럼, 아빠가 바로 옆에 있어 할 말이 있다고 부르는 것처럼.

"아빠."

나도 연주처럼 말해 보았다.

"아빠."

도어록이 열리는 소리가 났다.

"들어와."

저음의 엄마 목소리가 들렸다.

나는 현관에서 신발을 벗으면서, 거실 소파에 책가방을 내려놓으면서, 엄마한테 기계적으로 "죄송합니다." 머리를 숙이면서도 연주 생각에서 벗어나지 못했다.

엄마 뒷모습이 가는 데로 쫓아가 식탁에 앉으면서 시계를 보니 새벽 1시였다.

"그래, 어디서 뭘 하다 왔는지 좀 들어 보자."

잔뜩 날이 선 목소리가 뒤통수를 쳤다.

"친구들하고 농구하고 라면 먹었어요."

엄마는 팔짱을 끼고 앉아 나를 노려보았다. 믿지 않는 눈이었다.

"네 아빠도 처음에 그런 식으로 나를 살살 속였다. 친구들하고 운동했다, 친구들하고 술 한잔 했다, 회식했다, 세미나다, 출장이다!"

벌써 5년도 더 지난 일이다. 엄마는 마치 어제 일처럼 말한다. 10년이 지나고 20년이 지나도, 엄마는 변하지 않을 것만 같다. 엄마 얼굴에 주름이 더 깊어지는 것처럼, 기억의 견고한 성은 바람과 공기에 더 완고해

저서 한 번도 열리지 않은 녹슨 문이 그렇게 문의 일부가 되듯 엄마도
성의 일부가 될 것만 같았다.

엄마는 기어코 눈시울을 붉혔다.

"아빠가 우리한테 어떻게 했니? 아빠가 엄마한테 어떻게 했는지 잊었
어? 네가 나한테 이러면 어떻게 해? 이제 우리 둘이 의지하면서 살아야
하는데. 네가 나한테 이러면 안 되지. 이제 엄마를 보살필 사람은 너밖
에 없는데 대체 무슨 생각으로 그랬어? 응? 말해 봐."

"엄마한테 말하면 허락 안 할까 봐."

나는 자신 없는 목소리로 말했다.

"다른 날은 몰라도 엄마가 일찍 들어오라고 한 날은 일찍 들어와야
지. 안 그래?"

"네, 죄송합니다."

"엄마한테는 우리 아들밖에 없는 거 알지?"

"네."

"왜 존댓말을 하고 그래? 밖에 서 있어서 화났어? 엄마도 진정할 시간
이 필요한 거야. 꼭 너를 벌주려고만 세워 두는 건 아니야. 알지?"

"네."

"비밀번호는 네 생일로 바꿨어."

나는 고개를 끄덕였다.

"엄마한테 비밀 같은 거 만들고 있는 거 아니지?"

얼굴을 들어 엄마를 보았다. 엄마의 눈이, 믿고 싶어 한다.

요즘 들어 부쩍 간섭하는 엄마한테 반항하려는 목적으로 탈선하려

던 계획은 온데간데없이 사라지고 나는 순한 양처럼 대답했다.

"네."

자리에서 일어서면서 휘파람까지 불고 말았다.

"진호세!"

엄마는 나를 돌려세웠다.

"너 여자 친구 생겼지?"

"아니."

서둘러 대답했다.

"진짜 아니야?"

"아니야!"

나도 지지 않고 소리 질렀다. 엄마는 나를 뚫어져라 쳐다보았다.

"지 아빠 닮아서 거짓말은 참 못해요."

"진짜 아니라니까."

"암튼 너 여자 사귀면 엄마 서운할 거야. 아직은 아니야."

엄마는 그렇게 말하고는 덧붙였다.

"만약에 생기면 엄마한테 첫 번째로 보여 주는 거야. 알지?"

"네, 알아요."

나는 서둘러 대답하고는 자리를 피했다. 여자 친구는 사귀면 안 된다고 하면서 생기면 보여 달라니, 어쩌라는 거가.

씻고 자리에 눕는데 나도 모르게 또 휘파람이 나왔다. 연주의 생일은 5월 5일이라고 했다. 나와는 꼭 17일 차이가 났다.

3

지각할 줄 알았는데 연주는 제시간에 맞춰 학교에 왔다.

나는 사물함에 가는 척하며 문득 생각난 것처럼 연주에게 갔다.

"어제는 잘 들어갔어?"

다른 아이들이 들을까 봐 목소리를 최대한 낮추었다. 그런데 연주는 무슨 말을 하는지 모르겠다는 듯 두 눈만 깜빡거렸다.

"왜…… 거기에서 말이야."

적당한 말이 생각나지 않아서 거기라고 했다.

"거기에서 오는 거야."

연주는 여전히 모호한 눈빛으로 말하더니 가방에서 뭔가를 주섬주섬 꺼냈다. 치약하고 칫솔이었다.

"같이 나왔잖아. 도로 간 거야? 아니면 아침에 들렀다는 소리야?"

연주의 시선이 잠시 나에게 머물렀다. 꼭 어디를 본다고 할 수 없는 초점 없는 눈이었다. 연주는 그것으로 대답을 대신하고는 나를 그냥 스쳐 지나가 뒷문으로 나갔다.

내가 뭘 잘못한 걸까? 연주의 뒷모습을 물끄러미 바라보았다. 역시 집까지 바래다주는 게 나았을까? 연주가 머뭇거리는 빛을 보였다면 그냥 보내지 않았을 것이다. 너무 당연하다는 듯이 그럴 필요가 없다고 말했기 때문에 어쩔 수 없었다.

"뭐냐?"

느닷없이 윤호가 헤드락을 걸며 덮쳐 왔다. 내 시선이 향하는 방향을 보더니, "뭐냐?" 이번에는 좀 다른 느낌으로 물었다.

"김연주?"

윤호는 물었다.

"네가 지금 눈을 반짝거리며 보고 있는 게 발육부진 김연주인 거냐?"

"뭔 소리야."

나는 윤호의 팔을 확 뿌리쳤다. 쓸데없이 아이들 입방아에 오르내리고 싶지 않았다.

"어제 어디 갔었어?"

"왜 너까지 난리야?"

나는 윤호에게 경고의 눈빛을 보냈다.

"아줌마한테 또 혼났구나."

윤호는 중얼거리더니 나를 놓아주었다.

잠은 학교에서 자면 된다더니, 연주는 정말 하루 종일 잠을 잤다. 쉬는 시간마다 연주 주변을 서성거렸지만 말 한마디 붙이지 못했다. 7교시 수업이 끝난 후에야 연주 얼굴에 표정이 돌아왔다. 정말 푹 자고 난 얼굴이었다. 나를 보는 눈에도 초점이 돌아와 있었다.

"거기…… 또 갈 거니?"

나는 아침에 일찍 들어오라던 엄마의 말을 떠올리며 물었다. 수요일은 야간 자율학습이 없는 날이다. 엄마는 회사에서 일을 마치고 오면 7시쯤 된다고 했다. 저녁은 외식을 하자고 했다.

엄마는 뭔가를 함께 의논하는 법이 없다. 엄마의 계획 안에 나는 그냥 포함되는 사람이다. 차라리 엄마가 야단치고 화를 낼 때가 좋았다. 이제 엄마는 곧잘 눈물을 비친다. 그러면 꼼짝 못하고 마는 것이다.

"우리 아들은 엄마 눈에 눈물 흐르게 하지 않을 거야, 그렇지? 엄마가 얼마나 사랑하는지 알지?"

어린 나는 힘껏 고개를 끄덕이며 절대 아빠 같은 사람이 되지 않을 거라고 몇 번이나 다짐하곤 했다. 아빠가 버린 건 엄마뿐이 아닌데, 아빠는 나도 버렸는데, 나는 아무런 위로도 받지 못했다.

엄마의 슬픔이 너무 컸기 때문이다. 나는 울고 있는 엄마 옆에 오랫동안 쭈그리고 앉아 있었고 때로는 물건을 집어던지며 온몸으로 우는 엄마를 피해 방문을 걸어 잠그고 시간을 건디기도 했다. 엄마는 절대 나를 버리지 않을 거라는 믿음만이, 나를 살아가게 했다. 내가 아빠를 미워할수록 엄마는 점점 더 안정을 찾아갔다. 나는 그저 아빠만 미워하면 되는 줄 알았다. 아빠는 정말 미웠기 때문에 그건 아주 쉬운 일이었다. 하지만 엄마는 그것으로는 모자란 것 같았다.

연주가 거기에 간다고 하면 나는 또 따라나설 것이다. 엄마한테는 뭐라고 하지? 좀 그럴싸한 핑계가 없을까? 학원에서 보충한다고 할까? 학원으로 연락하면 어떻게 하지? 순간 짜증이 솟구쳤다. 엄마하고 밥 먹는 일 따위 하나도 중요하지 않았다.

"갈 건대. 왜?"

"나도 가면 안 될까?"

재빨리 물었다.

"거기 좋아?"

"응. 지붕 올라가는 것도 재밌고."

말해 놓고 아차 싶었다. 지붕이라는 말을 한 순간 연주의 하얀 발을 손으로 덮혀 주던 장면이 생각나서 얼굴이 뜨거워졌다.

"지붕은 밤에 올라가야 돼. 우린 고양이가 아니니까."

연주는 말을 하면서 씽긋 웃었다. 웃고 있는 연주는 좀 낯설었다.

엄마한테는 친구 생일이라고 둘러댔다. 메시지로 하지 않고 전화를 했다. 회사에 있을 때는 잔소리를 못하기 때문이다.

연주와 적당한 거리를 두고 나란히 걸었다. 길을 익혀 두기 위해 열심히 주변을 두리번거렸건만 자주 골목으로 접어들어서 언제부터인가는 포기하고 말았다.

그래도 감은 있어 아직 좀 더 가야 할 것 같은데 연주는 어느 상가 앞에서 문득 생각났다는 듯이 발을 멈추었다. 적십자에서 나온 듯한 사람들이 '헌혈은 사랑입니다.'라고 쓰인 팻말을 들고 사람들에게 헌혈을 권하고 있어서 나는 시선을 피하고 있었다.

"여기 좀 갔다 올게. 기다려."

연주는 2층 건물을 올려다보며 말했다.

"어디?"

나는 황급히 연주 팔을 잡았다.

"어, 헌혈 좀 하고 올게."

연주는 우물거리며 말했다. 마치 화장실이 급하다고 말하는 얼굴 같았다.

"뭐? 왜?"

"그냥 기다려."

"왜?"

나는 연주가 아프지 않을 정도로 손에 힘을 주었다.

"일단 가자."

그렇게 말하며 연주를 끌고 가다 적십자 사람들로부터 좀 멀어진 후에야 놓아주었다.

"네가 왜 헌혈을 하는데?"

너처럼 조그만 애가, 하는 말은 하지 않았다. 혹시 무슨 특별한 개념 같은 게 있어서 그러나 싶어서 물었다.

"좋은 일 하려고 그러는 거야?"

"좋은 일?"

연주는 픽, 웃었다.

"나 헌혈 가끔 해. 돈 떨어질 때마다. 저기는 돈 주거든. 다른 데는 영화 티켓 주는데. 다음에 하지 뭐."

연주는 아무렇지도 않다는 듯이 말했다.

순간 가슴 저 밑바닥에서 찌르르, 하는 통증이 올라왔다. 통증은 팔다리로 퍼져 나갔다. 내 몸은 분명 유한할 텐데 내 속에 아주 깊고 어두워 끝이 없는 구멍 같은 게 뚫린 기분이었다. 구멍에서 올라온 숨을 기다랗게 토해 냈다.

"저녁은 내가 살게."

일부러 명랑한 체 말했다. 분식점에서 김밥 세 줄하고 만두를 사고 편의점에 가서 물을 샀다. 편의점을 나오는데 문득 생각이 나서 라면도 한 묶음 샀다.

그날처럼, 나는 연주 뒤를 쫓아 거기로 올라갔다. 계단은 두 사람이 나란히 서기에는 폭이 좁았다. 연주는 문을 열더니 나를 먼저 들어가게 했다.

방은 온통 붉었다. 마주 보는 벽에 난 커다란 창으로 붉은 노을이 비처럼 쏟아져 내리고 있었다.

"이 방은 붉을 때 가장 예뻐."

붉은 비를 뒤집어쓴 연주가 말했다.

우리는 나무 탁자를 창가로 끌고 와 식탁을 차렸다. 연주는 두 무릎을 세우고 앉아 서툰 젓가락질로 음식을 먹었다.

"여기는 어디야?"

좀 바보 같은 질문이지만 안 할 수가 없었다.

"어떤 화가가 쓰던 작업실이야. 어떤 화가는 율희 쌤이고. 작업실 문 닫은 지 6개월 정도 됐나? 잠깐만 우리가 쓰는 거야."

"우리?"

"응. 작업실에서 율희 쌤한테 그림 배우던 애들. 나 말고 몇 명 돼."

"그림 그려?"

"그냥, 재미로."

연주는 쉬지 않고 음식을 먹으며 말했다.

"그럼 지금은 다른 데서 배워, 그림?"

"아니. 그리고 싶을 때는 그냥 여기서 그려."

연주는 생각보다 많이 먹었다.

"배 안 불러?"

물어보자, 진지하게 대답한다.

"먹을 수 있을 때 먹어 두는 거야."

나는 연주를 가만히 바라보았다. 노을은 서서히 물러가며 연주 얼굴에 그늘을 드리우기 시작했다.

"난 이제 냥이가 나타날 때까지 그림 그릴 거야."

연주는 두 발로 폴짝 뛰어내리더니 선반에서 소형 카세트를 꺼내 전원을 연결하고는 플레이 버튼을 눌렀다. 드라마에서나 보았던 오래된 물건이다. 테이프가 끼워져 있었는지 바로 음악이 흘러나왔다.

"왈츠야."

연주는 두 팔을 활짝 펴면서 말했다. 노을이 빠져나간 방 안에 왈츠가 가득 차기 시작했다. 연주가 느닷없이 음악에 맞춰 몸을 흔들었기 때문에 나는 어색해서 어쩔 줄 몰랐다.

같이 춤이라도 추자고 하면 어떻게 하지? 걱정하고 있는데 연주는 스

텝을 밟는 것처럼 걸어가 바닥에 놓인 도화지를 집어 들더니 탁자 위에 펼쳤다. 그리고 물감 몇 개를 하늘색 플라스틱판에 짜고는 굳지 않게 하려는 건지 마시다 만 생수를 그 위에 조금씩 부었다.

이제 연주는 내가 없는 것처럼 행동했기 때문에 나는 창가에 한 팔을 괴고 앉아 연주를 마음껏 볼 수 있었다.

연주는 마치 피아노를 치는 것 같았다. 탁자 앞에 다리를 벌리고 서서 음악을 연주하듯이 그림을 연주한다. 연주는 붓 같은 건 쓰지 않았다. 손가락이 붓이었다. 마치 춤을 추고 있는 것처럼 가끔은 몸도 붓이 되었다. 전위예술 같은 걸 보는 느낌이었다.

연주는 그림에 주문을 거는 것처럼 두 손을 그림 위에 잠시 두더니 지난번 학교에 가지고 왔던 물건들 중에서 나무조각과 캔을 가져와 물감을 묻히고는 종이에 찍기 시작했다. 그러니까 그 물건들은 모두 그림에 쓰이는 것들이었다.

그때 가르릉거리며 냥이가 나타났다. 연주는 냥이 앞에 쪼그려 앉더니 기분을 좋게 해 줄 모양으로 턱 밑을 간질이다가 느닷없이 번쩍 들어 발바닥에 물감을 찍고는 종이에 꾹꾹 눌렀다. 냥이는 불시에 붓이 된 일이 못마땅한 듯 연주가 바닥에 내려놓기 전에 달아났다. 바닥에 냥이의 노란 발자국이 또렷하게 찍혔다.

연주는 냥이가 사라질 때까지 빙긋이 웃으며 바라보더니 가세드를 꼈다. 그림이 다 된 모양이었다. 나에게 손짓을 했다.

"굉장하다!"

나는 놀랄 준비가 되어 있어서 그런지 좀 과장되게 말했던 것 같다.

뭐라 딱히 설명하기 힘든 그림이었다. 도화지 중간에 희고 반짝거리는 둥근 원이 그려져 있고 가장자리에 수풀이랄까 하는 것들이 힘차게 뻗어 있다. 청록색 같아 보이는 수풀 위로 나무조각과 캔으로 보이는 선들이 서로 겹쳐 있다. 냥이 발자국은 원 아래쪽에 있었다.

"제목이 뭐야?"

나는 그림에서 시선을 떼지 못하며 물었다.

"그런 건 몰라."

연주는 심드렁하게 말하고는 책가방을 뒤져 담배를 꺼냈다. 밤은 어느새 어제처럼 별을 가득 품고 있었다.

우리는 지붕으로 가는 문을 열었다. 연주는 스타킹을 신지 않아 맨발이었다. 연주가 먼저 밤으로 건너가고 나는 서둘러 양말을 벗으며 쫓았다. 우리는 납작 엎드려 네 발로 지붕을 빠르게 타고 올라가 나란히 앉았다. 겨우 2층 높이인데도 주변이 시원하게 내려다보였다. 노란 발자국이 된 냥이가 처마 쪽으로 느릿느릿 걸어가다가 우리를 힐끔 돌아보았다.

"저 고양이 이름이 뭐야?"

"냥이?"

"응."

"그냥 냥이야. 이름 같은 거 몰라. 쟤한테 물어본 적이 없으니까. 어쩌면 말해 줬는지도 모르지. 고양이 말로."

연주는 하얀 얼굴로 하얀 담배 연기를 길게 내뿜으며 말했다.

"생일 선물은 준비했어?"

나는 그렇게 물었다. 열일곱 생일을 기념해서 아빠를 선물하기로 했다는 아이한테 무슨 말을 어떻게 물어봐야 할지 알지 못했다.

"응, 준비했어."

연주는 덤덤하게 대답했다. 마치 물건 파는 가게에 미리 주문을 넣어두었다는 듯이.

"근데 아빠 같은 건 원래 갖고 있지 않나?"

아빠, 라는 말은 살갑게 나오지 않는다. 아빠, 같은 거라고 해서 기분 상하지 않았을까 걱정하며 연주를 돌아보았다.

"눈에 보이지는 않았지만 있기는 했지. 부재로 존재하다."

연주는 입꼬리만 올려 웃었다.

"한 살 때 부모님 이혼했어. 아빠는 내가 초등학교 때까지는 미국에 있었고 중학교 때는 죽었지. 엄마 말로는 말이야. 죽었다면 무덤이라도 확인하고 싶었어. 왠지 그래야 할 것 같은 그런 기분 알아?"

연주는 딱히 궁금해하지 않는 얼굴로 물었다.

"그래야 내가 열일곱 살이 될 것 같은 그런 기분. 부재를 확인하지 않으면 영원히 아이로 남을 것 같은 기분."

나는 연주의 기분을 다 알지는 못했지만 가만히 고개를 끄덕였다. 별비가 쏟아지고 있는 지붕 위에서라면 누군가를 이해한다는 건 크게 중요하지 않았다.

"엄마는 지금도 아빠 미워해?"

나는 어쩌면 엄마를 떠올리고 있었던 모양이다.

"그 인간 잊은 지 오래됐다, 엄마가 하는 소리야. 엄마는 정말 잊은 것 같아. 내가 아빠를 찾아내니까 귀신이라도 얘기하는 것처럼 깜짝 놀라던데."

"어떻게 찾았어…… 아빠?"

"구글에서."

연주는 무릎을 세우고는 그 위에 턱을 얹더니 내 쪽으로 얼굴을 돌렸다. 연주의 까만 머리는 어둠과 경계가 없어서 학기 초 긴 머리가 떠올랐다. 나는 손을 뻗어 가상의 머리카락을 만지는 것처럼 연주 어깨쯤에서 손가락을 서성였다.

"단 몇 분 만에 연락처까지 알아냈지. 너무 쉬웠어."

"연락했어?"

"아직은."

"왜?"

"안녕하세요, 아빠라고 해야 할지, 안녕하세요, 아버지라고 해야 할지, 어떤 게 더 좋은지 몰라서."

연주는 꽤 진지하게 말했기 때문에 나는 웃을 수 없었다.

문득 아빠가 떠올랐다. 나야말로 아빠, 로 남아 있는 아빠를 여전히 아빠라고 불러도 좋을까? 아니면 이제는 아버지라고 불러야 할까? 아빠건 아버지건 부재로서가 아니라 실재로 부를 일이 과연 있기나 할까? 이제 그런 이름은 영영 부르지 못하는 걸까?

연주 팔쯤에서 머물던 손이 힘없이 툭, 떨어졌다.

4

나는 아빠에 대한 기억이 별로 없다. 아빠를 미워하기 위해서는 기억이 없는 편이 더 낫기 때문인지도 모른다. 아니면 그날의 상처들이 너무 컸던 걸까?

잦은 부부싸움 후에, 아빠는 연수를 갔다고 했다. "곧 오실 거야." 엄마는 팔짱을 끼고 거실과 안방을 초조하게 오가며 중얼거리곤 했다. 때로는 베란다로 나가 창밖을 내려다보며 "벌써 왔는지도 모르지." 마치 상대가 있는 것처럼 말하곤 해서 어느 날 구겨진 종이처럼 바스락거리는 얼굴로 울부짖었을 때 나는 어리둥절했다.

"호세야, 이제 어떡하니? 어쩌면 좋아. 아빠가 우리를 버렸어! 그 여우 같은 년한테 홀려서 나를 버렸다고!"

"그게 무슨 말이야, 응? 엄마?"

"너도 알잖아. 왜 그 간호사 년 말이야. 눈웃음 살살 치던 년. 알지?"

나는 대충 고개를 끄덕였다.

"그년한테 빠져서 이혼하쟤. 아빠가 우리를 버리겠대. 우리보다 그년 하나가 더 좋대!"

엄마가 목 놓아 우는데도 나는 믿겨지지 않았다. 느닷없이 베란다로 나가 엄마가 그랬던 것처럼 12층 아래를 내려다보며 어디선가 부지런히 집으로 오고 있을 아빠를 아주 오랫동안, 기다렸다.

그날 이후 나는 아빠를 본 일도 목소리를 들은 적도 없다. 그날에는 상상도 하지 못한 일이었다. 장롱을 열면 여전히 아빠 옷이 있다. 아빠는 깃이 있는 옷이 불편하다며 라운드 티셔츠를 즐겨 입었다. 아빠가 자주 입던 자주색 티셔츠를 입어 보았다. 티셔츠는 허벅지까지 내려왔다. 나는 바지도 입어 보았다.

"호세가 빨리 커야 아빠가 옷을 물려주는데."

"절대 안 돼."

나는 그게 농담인지 아닌지 구분을 못해서 진짜 아빠 옷을 입게 될까 봐 은근히 걱정도 했던 것 같다. 바지는 올리자마자 발목으로 쑥 내려왔다. 아빠는 생각했던 것보다 컸다. 거울 속에 아빠 옷을 입은, 아직은 어린 아들이 있었다.

어느 날인가는 아빠가 일하는 치과에 갔다. 집에서 차로 50분 정도 거리에 있었는데 작정하고 걷기로 했다. 아무리 천천히 걸어도 대일건물 2층에 있는 푸른나무치과는 그 모습을 드러냈다. 바지 주머니에 두 손을 푹 찌르고 계단을 올라갔다. 언제든 문을 열고 들어가 아빠를 만났던 그곳에는 커다란 자물쇠가 달려 있었다. 점포 임대라고 쓰인 종이에 전화번호가 하나 적혀 있었다. 부동산 번호였다. 나는 부동산에 전화를 하는 것처럼 종이를 뚫어져라 쳐다보며 아빠 핸드폰으로 전화를 걸었다. 결번을 알리는 음성 뒤로 뚜뚜, 하는 소리가 들렸다.

"아빠, 나야 호세."

마치 대답을 듣는 것처럼 잠시 사이를 두었다.

"아빠, 내가 핸드폰 바꿨잖아. 아빠 연수 갔을 때 엄마가 신형 사 줬거든. 그때 엄마가 번호도 바꿨는데, 내 번호 알고 있어?"

나는 계단 아래 참에 앉았다.

"아빠, 언제 올 거야? 호세가 기다리고 있어. 이제 내 생일도 되잖아. 나는 난…… 아빠 믿어. 나 버린 거 아니지, 그치? 나는 난…… 아빠한테 효도 못한 게 너무 후회돼. 나는……."

그러고는 오랫동안 울었던 기억.

생일을 맞을 때마다 아빠한테 나는 아무런 존재도 아니었구나, 하는 씁쓸함은 점점 분노로 바뀌어 갔다. 아빠의 물건들에는 켜켜이 먼지가 쌓이기 시작했고 어느 날인가 나는 아빠의 구두를 신어 보았다. 두 손으로 들고 냄새도 맡아 보았다. 오랫동안 신지 않아서 그런지 가죽 냄새만 났다.

호주머니에서 커터 칼을 꺼내 구두 가장자리를 북 그었다. 눈물이 뚝 떨어져 구두코를 타고 미끄러졌다. 구두를 바닥에 내려놓고 쪼그리고 앉아 칼로 사정없이 그었다. 더러는 칼이 빗나가 손등을 긋기도 했다. 구두는 곧 형체가 없어졌다, 아빠처럼.

나는 너덜너덜해진 구두를 들고 밖으로 나와 미친놈처럼 아파트 단지를 돌아다니기 시작했다. 아빠를 묻어 주기 위해서였다. 뺨에서 눈물이 말라 갈 즈음 근처 뒷산을 오르고 있었다. 꽤 어둑어둑했기 때문에 방향감각이 없어졌다. 나는 누가 쫓아오는 것처럼 정신없이 땅을 파서 작은 구덩이를 만들고는 아빠의 구두를 묻었다.

그리고 해야 할 말을 했다.

"아빠, 난 이제 아빠가 필요 없어."

연주는 어땠을까?

"아빠가 없어서 좀 그렇지 않았어?"

이제는 연주가 자주 그런 표정을 하고 있다는 걸 알지만, 심드렁한 얼굴이었다.

"아빠가 있다는 게 어떤 건지 모르는데."

바람이 불고 있었다. 나는 연주의 긴 머리카락이 날리는 것 같은 착각에 빠졌다.

"아빠가 필요할 때는 삼촌들이 대신해 줬어. 엄마가 식당 하는데 거기 삼촌들. 그러니까 삼촌들한테는 알바였지. 친구들이 젊고 멋지다고 부러워해서 난 그런 줄만 알았고. 아빠가 필요한 적은 없었던 것 같아."

"필요한 적은 없었다."

연주처럼 건조하게 말해 보았다.

기억나는 누군가가 있다는 건 꽤 힘든 일이다. 그래서 난 자꾸 기억을 지우려 하는지도 모르겠다.

5

나는 '거기'를 밤을 여는 방이라고 이름 지었다. 연주는 아무렴 어떠냐는 얼굴을 했다. 연주는 몇 번인가 자율학습을 빼먹더니 중간고사를 앞두고 자율학습 신청서를 내지 않았다. 나는 엄마로부터 최소한의 자유를 지키기 위한 방법으로 성적도 지키고 있었기 때문에 달리 방법이 없었다.

석식을 먹고 자율학습을 하고 있는데 깜빡 잠이 들었던지, 달콤한 꿈을 꾸고 있었던지, 어깨를 흠칫 떨며 소스라치게 놀라 눈을 떴다. 눈앞에는 칠판이 있고 나란히 줄 맞춰 앉은 아이들의 뒤통수가 있고 고개를 돌리니 운동장으로 난 커다란 창문과 그 뒤로 이제 막 시작된 밤이 있었다. 아직 별빛은 희미했다.

연주는 지금쯤 창문턱에 두 다리를 얹고 앉아 발그스레하게 볼을 물들이고 있을까? 밤방이 밤을 여는 방이 되려면 시간이 있었다. 나는 조용히 가방을 쌌다. 윤호에게 볼일이 있어 간다는 쪽지를 던지고 원망스러운 눈빛을 받아 준 뒤 감독하는 선생님 눈을 피해 몰래 달아나는 일은, 생각보다 쉬웠다.

문제는 밤방으로 가는 길이었다. 나는 연주가 헌혈하려던 것을 떠올려 상가를 찾아내고 김밥을 사던 것을 떠올려 가게를 찾아냈다. 그다음부터가 문제였다. 그 길이 그 길인 것만 같아 몇 번이고 같은 골목에서 헤매었다. 그러다가 결국 연주에게 전화를 걸었다. 연주는 눈에 뜨이는 건물을 물어보았다. 피자헛, 거기서 오른쪽. 스타벅스, 거기서 왼쪽. 튼튼병원, 등지고 왼쪽으로 직진. 연주는 내가 상호를 이야기할 때마다 말이 끝나기가 무섭게 대답을 했다. 자람유치원, 오던 길로 계속 직진. 영광슈퍼, 이제 얼마 안 남았어. 도우도우, 도우도우? 피자집이었다. 장사를 하지 않고 셔터 문을 내린 곳들이 많아서 어두컴컴한 골목길은 기다란 터널 같았다.

"이제 10시 방향으로 고개를 들어 봐."

연주는 지붕 위에 올라앉아 손을 흔들고 있었다. 그 모습이 달처럼 빛났다.

나는 서둘러 건물로 들어가 단숨에 3층으로 올라갔다. 오는 길이 힘들었기 때문인지, 야자를 땡땡이쳤기 때문인지, 연주가 지붕 위에서 손을 흔들어 주었기 때문인지, 그런 연주가 너무 예뻐 보였기 때문인지, 마음이 급해서 닫힌 도어락 앞에서 기운이 빠졌다. 문을 두드리고 기다리는데 괜스레 가슴이 설레었다.

문을 열어 준 사람은 연주가 아니었다. 머리를 노랗게 물들인, 내 또

래로 보이는 웬 남자애였다. 방에는 몇 사람이 더 있어서 나는 좀 당황했다.

"안녕."

그나마 나에게 알은체를 해 준 건, 어깨까지 오는 긴 머리가 꽤 어울리는 아저씨라고 하기에는 좀 형 같은 사람이었다.

"안녕하세요."

나는 누구에게라고 할 것 없이 대충 인사를 했다. 방에는 형광등이 켜져 있었다. 밖은 벌써 밤이었다. 노랑머리 아이는 내가 오기 전에 하고 있던 이야기인 듯, 맥락은 알 수 없으나 어쩐지 비현실적인 것 같은 이야기를 하고 있었다. 내 또래로 보이는 다른 남자아이는 귀밑까지 내려오는 머리카락이 빨갰다. 멀쩡한 머리를 한 게 나뿐이어서 그런지 나는 그들 사이에서 유독 반듯하게 느껴졌다.

말 없는 시선을 고스란히 받으면서 어색하게 서 있는데 문이 벌컥 열리더니 연주가 쑥 올라왔다. 손에는 기타가 들려 있었다.

"들어 봐."

연주는 몸을 가볍게 흔들며 기타를 치기 시작했는데 왠지 어설펐다. 연주도 자주 고개를 갸웃했다.

"일단 여기까지."

연주가 공연을 마친 듯 인사를 해서 우리는 박수를 쳤다.

"작곡은 언제까지 마칠 거야?"

빨강머리가 물었다.

"그거야 나도 모르지."

연주는 심드렁하게 대답하고는 나를 돌아보았다.

"여기는 율희 쌤. 인사 안 했지?"

연주가 가리킨 건 형 같은 아저씨였다. 이름만 듣고 여자인 줄 알았는데 남자였다.

"여기는……."

갑자기 두 눈에 장난기가 떠오르더니 말한다.

"빨강이하고 노랑이."

"합쳐서 색깔들."

그렇게 대꾸한 건 나였다. 말하고서는 나도 놀랐다.

"저, 미, 미안합니다."

말까지 더듬으며 사과했다.

"나이 같아. 존댓말 할 필요 없어."

연주의 말에 고개를 들었는데, 색깔들을 보니 딱히 기분이 나쁜 것 같지는 않았다.

"율희 쌤한테도 존댓말 할 필요 없어."

"맞아, 맞아."

연주의 말에 색깔들이 맞장구를 쳤다. 율희 쌤이라는 사람도 아무렇지 않은 것 같았다.

"근데 웬 작곡이야?"

내 말에 대답이라도 하듯 핸드폰이 울렸다. 반사적으로 시간을 먼저 확인했다. 야자가 끝나려면 아직 1시간 정도 시간이 있었다. 전화를 받자마자 윤호는 다급하게 말했다.

"아줌마 학교 떴다."

"엄마가?"

"그래. 뭐라고 말해 줘?"

"뭐라긴. 사실대로 말해."

그건 오기였을까? 용기였을까?

"사실이 뭔대?"

"모른다고 해."

그렇게 말하고 전화를 끊었다. 숨을 고르는데 다시 전화벨이 울렸다. 이번에는 엄마였다.

나는 미친 듯이 울려 대는 핸드폰을 끄지도, 받지도 못하고 가방 안쪽으로 쑤셔 넣으며 일어섰다.

"그럼, 다음에."

가볍게 목례를 하고 연주에게 물었다.

"너는 언제 갈 거야?"

"몰라."

연주는 나는 돌아보지도 않고 대답하며 노랑머리가 건네주는 이어폰을 귀에 꽂고 있었다.

"어때?"

노랑머리는 그렇게 묻고 있었다.

"괜찮은 것도 같고."

연주는 무슨 동영상을 보기 위해 그러는 건지 노랑머리가 들고 있는 핸드폰 쪽으로 몸을 기울였다. 노랑머리는 자연스럽게 연주의 어깨에 손을 올렸다. 나는 반사적으로 고개를 돌리며 밖으로 나왔다. 내가 사라지는 것쯤 아무도 신경을 쓰지 않아서, 다행이었다.

언젠가 가슴에 생긴 구멍에서 아릿한 통증이 올라왔다. 연주병이다. 연주를 알아 갈수록 연주는 점점 더 모를 사람이 되어 가는 것 같다. 언젠가 꾸었던 꿈처럼 나는 연주를 안을 수 없었다. 연주는 자꾸 미끄러졌다. 마치 비누를 바른 것처럼, 오일을 바른 것처럼. 꿈속에서 연주는 나를 피해 도망가면서 찡그리며 웃었다.

나보다 먼저 연주를 알았던 아이들, 나보다 더 많은 시간을 연주와 보냈던, 연주와 함께 그림을 그리고 함께 지붕에 올랐던 아이들, 나보다 연주와 훨씬 더 잘 어울리는 아이들. 그 아이들도 연주의 생일이 5월 5일이라는 것쯤은 알 것이다. 연주가 생일 선물로 아빠를 준비했다는 것도 알까? 연주는 그런 이야기도 했을까? 어쩌면 지붕 위에서?

6

전화벨은 끈질기게 울렸다.

나는 다시 학교로 가야 할지 집으로 가야 할지, 아니 어디로든 제대로 방향은 잡고 있는 건지 확신도 못한 채 걸음을 옮겼다. 윤호로부터 다시 메시지가 왔다.

아무래도 위치 추적 당한 듯. 너 없는 거 알고 일부러 학교 오신 것 같아.

윤호 생각이 맞다면 전화를 받을 필요도 없다. 엄마는 이미 내기 가는 곳을 알고 있을 테니까.

정신을 차리고 보니 큰 사거리였다. 이곳에서는 학교도 보인다. 밤방으로 가는 길은 그렇게 헷갈렸으면서도 나오는 길을 기억하고 있는 두 다리가 신기했다. 택시를 잡아타고 집으로 갔다.

엄마는 나비가 잔뜩 그려진 거실 벽지에 마치 정물처럼 기대어 서 있었다.

"자율 끝나고 오는 거니?"

"네."

"얘기 좀 하자."

나는 식탁에 앉았다. 엄마는 팔짱을 낀 채 맞은편에 앉았다.

"어떤 애니?"

엄마는 다짜고짜 물었다.

"누구요?"

"엄마가 모를 것 같아?"

"누구요?"

엄마 눈은 붉게 충혈되어 있었다.

"그러니까 꼭 네 아빠 같구나. 아빠도 그랬지, 누구를 말하는 거냐고? 대체 누구를! 나를 아주 바보 병신을 만들었어!"

"여자 친구 같은 거 정말 없어요."

나는 눈을 내리깔며 말했다.

"왜? 여자 친구 생겼다고 하면 엄마가 잡아먹기라도 할 것 같아?"

엄마는 마음을 알 수 없는 목소리로 말했다.

"엄마는 호세가 자꾸 비밀을 만드는 게 섭섭한 거야. 우리 효자 아들이 여자 친구 생겼다고 설마 엄마를 나 몰라라 하겠니? 엄마는 호세가 행복하기를 바란다. 호세가 행복해야 엄마도 행복하잖아. 그러니까 어떤 여자애인지 엄마도 좀 알아야지. 안 그래?"

엄마는 다시 재촉했다.

"그래, 안 그래?"

"그래요."

나는 가까스로 목소리를 쥐어짰다. 놓여나고 싶다는 생각뿐이었다. 시계를 보니 자정이 다 되어가고 있어서 연주가 지금쯤 집으로 돌아갔을까? 아직도 그 아이들하고 같이 있을까? 율희 쌤이라는 사람도 같이 있을까? 이런저런 생각이 들었다.

"진호세."

엄마는 인자한 척 내 이름을 불렀다. 입가에는 웃음도 머금고 있다. 나를 꼼짝 못하게 하고 싶을 때, 나에 대한 약점을 틀어쥐고 있을 때 엄마는 저런 얼굴이 되곤 한다.

"자율학습은 제대로 하고 있는 거야?"

"왜 물어요, 그런 걸?"

"궁금해서 그러지."

늘 이런 식이다. 그냥 직접적으로 물어보면 안 되는 걸까? 학교에 갔더니 네가 없더라. 야자 안 하고 어딜 간 거니? 내가 위치 추적을 해 봤더니 엉뚱한 데 가 있던데, 거기가 어디니? 그렇게 물어보면 안 되는 걸까?

"앞으로 제대로 할 게요."

그래, 나도 늘 이런 식이다. 우리는 문제의 본질을 이야기하지 않는다. 나는 엄마한테 내 뒷조사하고 다니지 말라고, 엄마가 아무리 이야기하지 말라고 해도 선생님이나 친구들이 다 와서 얘기해 준다고, 정말 창피해서 못 살겠다고! 애들이 마마보이라고 놀리는 건 알기나 하냐고! 말하지 않는다.

엄마도 내가 어디에서 누구를 만나 뭘 했는지 알면서 모르는 체한다. 우리는 진실을 외면하는 것으로 서로를 봐주고 있다고 착각한다.

"정말이지?"

엄마는 물었다. 이쯤에서 끝내고 싶은 것이다.

엄마가 정말 두려워하는 건 내가 학생처럼 보이지 않는 아이들과 어울리다가 그 애들처럼 물드는 것일까? 아니면 엄마를 버려두고 다른 사람들과 함께 밤을 지새우는 것일까? 밤방의 아이들은 지금 뭘 하고 있을까? 언젠가 연주는 밤방에서 해 뜨는 걸 봤다고 했다. 그렇다면 그곳에서 잔 걸까? 고양이가 사는 그곳에서 고양이처럼 몸을 웅크리고 잤던 걸까? 혼자서? 아니면?

"엄마가 두고 볼 거야. 자율학습 효과 없으면 학원으로 바꿀 거니까 그렇게 알아."

"주말에 과외받는 걸로 충분해."

나는 얼른 말했다.

"엄마가 말했잖아, 두고 본다고. 자율까지 시켜 주는 학원 이미 알아났으니까 그렇게 알아. 엄마는 우리 아들 성적 떨어지는 꼴은 두고 못본다."

그 말을 하는 엄마 눈에 눈물이 비쳤기 때문에 나는 뭐라 대꾸를 못 하고 자리에서 일어섰다.

아빠는 의사였다, 유능한. 엄마는 또 아빠를 떠올리고 있는 것이다. 방으로 들어왔다. 나도 모르게 주먹을 꼭 쥐고 있다. 가슴이 터질 것 같아서 견딜 수가 없었다. 힘껏 벽을 한 대 쳤다. 아빠는 우리 인생에서 감쪽같이 사라졌는데 우리는 여전히 아빠의 그늘에 있다. 엄마는 유령으로 존재하는 아빠의 그늘을 자꾸만 더 짙게 만들고 있다.

아빠는 어떻게 살고 있을까? 너무나 행복해서 엄마와 나 따위 한 번도 생각한 일이 없을지도 모른다. 새로운 여자와의 사이에서 혹 아기를 낳았을 수도 있다. 어쩌면 아빠는 죽었을 수도 있지 않을까? 그런 줄도 모르고 우리는 여전히 아빠를 원망하며 사는 건 아닐까? 아빠가 사라지고 난 후 우리 집에 다니러 오곤 하던 많은 사람들도 사라졌다.

"이모는 좀 자주 왔으면 좋겠어요."

이모한테 그렇게 말했던 건 나 혼자 엄마를 감당하는 게 버거웠기 때문이다.

"호세가 힘들지?"

이모는 등을 쓸어 주며 잠시 망설이던 빛을 거두고 말했다.

"호세야, 아빠 너무 미워하지 마."

어린 나는 아직 아빠를 미워하지 않았기 때문에 느닷없이 방문이 열리며 엄마가 소리를 질렀을 때 어리둥절했다.

"호세한테 무슨 말 하는 거야?"

"아무것도 아니야."

이모는 서둘러 방을 나갔다.

"너도 오지 마. 앞으로 오지 마!"

그렇게 이모도 한동안 오지 않았던 것 같다. 왜 그 생각이 이제 난 걸까? 이모는 왜 아빠에 대해 그렇게 말한 걸까? 컴퓨터를 켜고 인터넷에 접속했다. 연주는 아이들과 함께 밤방에서 해 뜨는 걸 볼까? 지붕 위에 나란히 앉아서 서로의 어깨에 손을 올리고 노래라도 부르며 해 뜨는 걸 지켜볼까? 감탄사도 지를까? 나는 구글 검색창에 아빠 이름 세 글자와 직업을 써 넣었다.

진원호 치과 의사.

연주가 말한 것처럼, 아빠를 찾는 일은 너무나 쉬웠다.

7

다음 날, 연주는 학교에 오지 않았다. 나는 자꾸 연주 자리로 시선이 가는 걸 어쩌지 못했다. 수업 시간에 몇 번 지적을 받기도 했다. 윤호는 잔뜩 궁금한 얼굴로 못마땅한 표정이더니 더 이상 못 참겠는지 점심시간에 나를 운동장으로 끌고 나갔다.

"너 뭐야?"

"뭐긴 뭐야."

나는 윤호의 잔소리를 초장에 제압하기 위해 퉁명스럽게 대꾸했다.

"나한테는 털어놔야 할 거 아니야?"

"뭘?"

"정말 그런 거냐?"

계집애처럼 눈을 흘긴다.

윤호와는 초등학교 때부터 친구라 집안 사정도 대충 알고 있다. 우리가 오랜 친구로 지낼 수 있는 건 다 윤호 덕분이다. 늘 나보다 윤호가 더 많이 양보했고, 더 많이 참았고, 더 많이 챙겨 주었다. 윤호네 식구들하고 밥을 먹을 때면 아줌마는 윤호보다 나한테 더 신경을 썼고, 아저씨는 윤호보다 나한테 더 많이 말을 걸었다. 그럴 때마다 나는 아버지의 부재를 의식했다. 내가 아버지가 없기 때문에 모두들 나한테 잘해 주려고 난리인 것 같았다.

어느 날 감쪽같이 아버지를 잃어버린 아이를 불쌍하게 생각하지 않을 사람은 없었다. 나는 공부를 잘하면 잘하는 대로 못하면 못하는 대로 아버지 없는 아이, 라는 꼬리표가 붙어 대견하기도 하고 역시 문제 있는 아이가 되기도 했다. 내 행동의 모든 원인은 아버지의 부재가 되는 것 같았다. 내가 이런 이야기를 하면 사람들은 말한다. 그건 지나친 생각이라고, 호세 너는 그냥 호세일 뿐이라고, 아무도 그렇게 생각하지 않는다고. 나는 그들의 눈동자에서 안타까움을 본다. 안타깝다는 건 공감하지 못한다는 거다. 누군가를 안타까워하는 사람은 착한 사람일지는 모르지만, 함께 어깨를 붙들고 울어 줄 수 있는 사람은 되지 못한다.

윤호는 나를 안타까운 눈으로 보고 있다. 그렇기 때문에 윤호한테 아빠 이야기를 꺼낼 수 없었다. 구글에서 아빠를 찾았다는 이야기를 할 수 없었다. 아빠가 부산 어느 지역에서 이름도 같은 푸른나무치과를 운영하고 있다는 이야기를, 병원 홈페이지에 들어가서 본 아빠 얼굴이 너무 낯설었다는, 간호사들을 뒤적이며 어떤 년이 아빠를 홀린 여우인지 눈에 불을 켜고 찾았다는 이야기를 할 수 없었다. 나같이 아빠 없는 아이가 하는 이야기에 따라오는 뻔한 대답을 듣고 싶지 않았다.

6학년 때, 누군가 나한테 아버지 운운하며 빈정댔을 때 몸을 날려 두들겨 팼던 것도 윤호였다. 해질녘 운동장에 주저앉아 윤호는 엉엉 울면서 말했다.

"나는 네가 아빠가 없는 게 너무 싫어."

미친놈, 나보다 더 싫을까.

"연주 같은 애하고 넌 안 어울려."

윤호는 느닷없이 돌직구를 던졌다.

"티 나냐?"

나는 대충 맞장구를 쳐 주었다. 연주가 머리를 복잡하게 하는 건 사실이다, 하지만 그게 전부는 아니다. 아무튼 윤호한테 아빠 이야기를 하고 싶지 않았다.

"아줌마가 아시면 난리 날 거야."

"그렇겠지."

"어디까지 간 거야?"

나는 가만히 있었다.

"키스했냐?"

"미친놈."

나는 자리에서 일어섰다.

"아무튼 네가 첫 키스는 아닐 거다. 연주 소문 많은 애야."

연주병이 도졌는지 가슴이 아릿하더니 양쪽 어금니까지 욱신거리기 시작했다.

"네가 뭘 알아? 그런 말을 왜 하는데?"

"김연주가 좀 신비스러워 보이는 건 있지. 왜 그런지 아냐? 우리랑 달라서 그런 거야, 시간 지나면 별거 아니라고. 아니, 다르다는 것 때문에 지겨워질걸."

"네가 그런 걸 다 어떻게 아냐?"

윤호한테 연애 상담을 받을 거라고는 상상도 못했기 때문에 나는 좀 어이가 없었다.

"뭐, 그런 거야 상식이지."

뿌듯해하며 웃는다.

"공부했냐?"

"좀 했지. 너를 위해서."

"인터넷 뒤졌냐?"

"중고책 샀어."

"제목은?"

"『뇌 과학 이야기 ─ 연애 편』."

"넌 이상한 데서 대리만족하더라. 차라리 야동을 봐라."

그렇게 말하면서 교실 쪽으로 방향을 잡으려는데 윤호는 끝난 게 아닌 것 같았다.

"어디까지 했는데? 그래야 내가 알리바이도 돼 주고 그러지. 빨리 말해 봐."

바짝 붙어서 떨어질 줄 몰랐다. 그러니까 이 녀석 실은 궁금했던 거다.

"뭐야? 사귀지 말라고 할 때는 언제고!"

나는 자꾸 놀어붙는 윤호를 떼어 내며 소리쳤다.

"책에 그렇게 쓰여 있더라. 사랑이라는 게 말리면 더 불붙는다고. 이 것도 다 너를 위해서 그러는 거니까 빨리 말해 봐."

"아무것도 못했어. 그러니까 너 이상한 상상하면 죽는다."

윤호는 꽤 실망하는 얼굴이었다.

"그럼 무슨 야한 거 하면 나한테 꼭 말해 주기다."

윤호는 손가락까지 걸고서야 나를 풀어 주었다.

연주 자리는 여전히 비어 있었다. 남은 점심시간은 10여 분 정도, 나는 연주 자리에 풀썩 주저앉았다. 아이들이 뭐냐, 하는 눈으로 돌아보며 수군거렸지만 그런 것쯤 신경도 쓰지 않았다. 윤호는 고개를 설레설레 젓고 있었다.

초등학교 이후로 맨 뒷자리에 앉아 본 일이 없다. 잊고 있었다. 맨 뒷자리에서는 반 아이들의 뒤통수가 다 보인다는 사실을. 누가 장난을 치고 누가 엎드려 있고 누가 창밖으로 한눈을 팔고 있는지 굳이 관심을 가지지 않아도 알 수 있다는 것을.

이 자리에 앉아 연주도 때로는, 나를 보았을까? 연주는 노랑머리와 무슨 사이일까? 둘은 어제 밤방에 같이 있었던 걸까? 노랑머리는 연주에게 팔베개를 해 주고 연주는 노랑머리의 허리를 끌어안고 둘이 간지럼이라도 태우며 키득거렸을까? 그러다가 키스라도 했을까? 혀도 집어넣었을까? 노랑머리는 연주의 겉옷 단추를 풀러 가슴을 열었을까? 나는 더 이상 통제가 안 돼 자리에서 벌떡 일어섰다. 내가 앉은 의자가 뒤로 넘어지며 요란한 소리를 냈다.

선생님과 아이들이 의아한 눈으로 돌아보았다. 담임의 영어 시간이었다. 간신히 정신을 차리고 대답했다.

"죄송합니다."

"뭐야? 진호세! 너 왜 거기 앉아 있어?"

선생님은 그제야 내가 제자리에 앉아 있지 않다는 걸 안 모양이었다.

"거기서 몰래 수학 문제 풀고 있는 거 아니지?"

담임은 물었다. 진심이었을 것이다.

"네."

나는 건성으로 대답했다.

"어라? 김연주. 넌 언제 왔어?"

그리고 내 자리에는 연주가 앉아 있었다.

"아주아주 오래전에요."

연주의 대답이 아이들을 웃겼다. 나도 따라 웃었다. 연주가 노랑머리와 함께 뭘 했던 간에 이제 모두 끝났다. 연주는 지금 내 눈앞에 있다, 그것도 내 자리에.

쉬는 시간에 연주는 내 자리, 아니 자신의 자리로 왔다.

"너 뭐야? 왜 내 자리에 앉아 있어? 얼마나 당황했는지 알아?"

연주는 담임 시간에 늦지 않기 위해 오느라고 애쓴 모양이고 또 수업 시간에 맞춰 아슬아슬하게 들어온 모양이었다.

"그게, 미안. 나는 네가 언제 오는지 궁금해서."

그때였다.

"귀여운 녀석."

연주는 내 머리카락을 헝클어뜨리며 말했다.

"빨리 나와."

나는 당황해서 자리에서 얼른 일어섰다. 연주의 손끝이 내 머리카락에 닿았다. 기분이 나쁘지 않았다. 그 모습을 내내 지켜보고 있던 윤호는 새끼손가락을 흔들어 보이며 약속을 상기시켰다. 글쎄, 약속을 지킬 수 있을는지, 어쩌면 윤호와 나 사이에 또 다른 비밀이 생길지도 모르겠다.

8

나는 위치 추적을 피하기 위해 윤호한테 핸드폰을 맡겼다.

"너 시험 얼마 안 남은 건 아냐?"

윤호는 잔소리도 잊지 않았다.

"1분이라도 늦으면 우리 집으로 와야 하는 건 알지?"

안다. 윤호네 아줌마는 9시 40분부터 교문 앞에 대기하고 있어 늦어도 50분까지는 도착해야 한다.

"부럽다."

윤호는 중얼거리더니 나를 힐끔 쳐다보고는 핸드폰을 창문 밖으로 던지는 시늉을 했다.

"버리던가."

"자식, 되게 세게 나오네."

투덜거리는 윤호를 뒤로하고 재빨리 연주 뒤를 따라잡았다.

"오늘도 애들 와?"

나는 아무렇지도 않은 척 물었다.

"몰라. 연락하고 오는 건 아니니까."

"어제는 어디서 잤어?"

연주도 아무렇지도 않게 대답했다.

"잠은 집에서 자지."

"아, 맞다. 잠은 집에서 자지!"

나는 과장되게 맞장구를 쳤다. 안도의 한숨이 절로 났다. 그토록 애태웠던 걸 생각하면 정말 바보 같았다.

연주는 다람쥐처럼 날렵하게 사람들 사이를 헤집고 지나갔다. 밤방에 혼자 갔던 일이 도움이 되었는지 내게도 길이 보이기 시작했다. 지난번처럼 간식을 사려는데 연주가 말렸다. 색깔들이 와 있으면 맛도 보지 못할 거라는 게 이유였다.

"색깔들?"

그렇게 되묻고는 웃었다. 연주가 내가 한 말을 기억하다니, 기분이 꽤 괜찮았다. 나는 연주가 먹고 싶다는 건 다 사 주고 싶었다.

"그럼, 고르곤졸라 피자."

"고르곤? 졸라?"

나는 처음 들어 보는 이름이었다. 연주는 익수하게 걸음을 옮겼다. 마치 머릿속에 지도 같은 게 있는 것 같았다.

"나도 가끔 헤매."

연주는 말했다.

"걸음이 빨라서 네가 눈치채지 못하는 거지."

"아하, 그렇구나!"

나는 또 무슨 대단한 비밀이라도 발견한 것처럼 대답했다.

피자 가게는 꽤 근사해 보였다. 온통 크림색이었는데 창쪽으로는 커튼도 쳐 있었다. 우리는 푹신한 소파에 마주 앉았다. 고르곤졸라 피자 한 판과 토마토 스파게티를 시켰다.

마주 보고 먹는 일은 힘들었다. 김밥처럼 입안에 쏙 넣어 버리면 그만인 게 아니었다. 더군다나 한 그릇에 담긴 음식을 같이 먹는 건 정말 쉽지 않았다. 문득 연인들이 면 종류를 함께 먹다가 가닥이 연결되어 키스를 하게 되는 장면이 떠올랐다. 그럴 일은 없었다. 연주는 숟가락을 쓰지 않고도 면을 정말 잘 말았다. 입가에 소스를 묻히며 스파게티를 먹고는 앞 접시에 피자 조각을 얹어 포크와 손을 이용해 반으로 접은 다음 조그만 입에 쏙 집어넣는다. 몇 번 씹지도 않고는 꿀떡꿀떡 잘도 삼켰다.

"너무 맛있어서 씹을 것도 없네."

연주는 아이처럼 웃으면서 행복해했다.

연주가 행복해하는 얼굴을 볼 수만 있다면 내 용돈 전부를 써도 아깝지 않았다. 나는 연주의 손에 들려 있는 포크가 부러웠다. 연주의 입이 닿는 음료수 잔이 부러웠다. 첫 키스는 꼭 연주와 하고 싶다는 생각이 들었다. 키스 생각을 하는 게 아니었다. 너무 긴장한 탓에 포크를 떨어뜨리고 말았다.

우리는 가게에서 나와 밤방으로 갔다. 바짝 붙어서 걷다 보니 슬쩍슬쩍 옷깃이 닿았다. 그래도 마주 보고 앉는 것보다 나았다. 건물로 들어가는데 기타 소리가 들렸다.

"색깔들 왔네."

연주는 중얼거렸다. 과연 노랑머리가 머리를 까딱까딱하며 기타를 치고 있었다. 빨강머리는 노트북을 꺼내 놓고 뭔가 작업 중이다.

"뭐 먹을 거 없어?"

색깔들은 우리를 쳐다보더니 동시에 소리쳤다.

"너희한테 맛있는 냄새나. 짜증 나."

빨강머리가 모니터 화면에서 눈을 떼지 않으며 말했다.

"연주 친구는 왜 또 온 거야?"

노랑머리가 기타에서 손을 떼며 물었다. 어떻게 대답해야 할지 몰라 망설이고 있는데 노랑머리는 연주를 돌아보며 물었다.

"연주야, 오늘은 어디서 잘 거야?"

무슨 뜻일까? 잠은 집에서 잔다고 하지 않았나?

"몰라."

모른다고? 연주는 그렇게 대답했다!

연주는 성큼성큼 걸어가더니 지붕으로 통하는 문을 열었다. 이제 겨우 둘이 있게 됐구나, 좋아하는데 어느 틈에 노랑머리도 따라 올라오고 있었다. 나는 연주한테 하고 싶은 말을 하지 못해서 애가 탔다. 이를테면 생일 선물 같은 것 말이다. 지붕 위에서 이야기하려고 미룬 내가 바보 같았다.

우리는 나란히 지붕 위에 앉았다. 나, 연주 그리고 노랑머리 순이었다.

"아빠하고는 어디에서 만나기로 했어?"

노랑머리는 익숙하게 담배에 불을 붙이며 물었다. 역시 연주는 색깔들에게도 말을 했던 것이다. 당연하지 않은가! 노랑머리는 담배 연기를 아주 많이 내뿜었다. 많이 펴 본 솜씨였다. 게다가 말보로 레드. 나는 의식적으로 어깨를 폈다.

"연주 친구! 도시에 이런 동네가 있다는 게 놀랍지 않냐? 꼭 시골 같잖아."

노랑머리는 느닷없이 나를 돌아보며 물었다.

"그래서 좋아."

대답을 한 건 연주였다.

"완전 좋지. 근데 언제 바뀔지 몰라. 여기 재개발 지역이거든. 아빠랑 5월 5일에 만나는 거 맞지?"

노랑머리는 원래 이런 식으로 대화하는지도 몰랐다.

"재개발이면 어떻게 된다는 거야?"

나는 물었다.

"금방 재개발할 것처럼 사람들 다 내쫓더니 언제 될지 모른대. 근데 17년 만에 아빠를 만나는 소감이 어때?"

노랑머리는 물었다, 아무렇지도 않게. 내가 차마 묻지 못한 말이었다. 그런 질문을 받는다면 나는 어떤 대답을 할 수 있을까? 5년 만에 아빠를 만나는 소감이 어때? 과연 어떤 기분일까?

노랑머리는 질문만 차곡차곡 쌓아 놓고는 담배를 비벼 끄고 일어나 재빠르게 지붕을 타고 내려가 사라졌다.

"소감이 어때?"

나는 노랑머리가 듣지 못한 대답을 듣고 싶었다. 연주는 오리처럼 입술을 앞으로 쭉 내밀고 있었다.

"왜?"

"생각하는 거야."

이번에는 고개를 갸웃한다.

"피가 땡길까?"

연주는 그 말을 하고는 배시시 웃었다.

"울컥할지도 몰라."

내가 말했다.

"엉엉 울게 될까? 둘이 붙들고?"

연주는 얼굴을 잔뜩 찡그렸다.

"그럴지도 모르지. 아저씨가 용서를 빌까?"

나는 물었다.

"용서를 빌면 용서해 줄 거야."

연주는 말했다. 착한 아이처럼.

나는 부산에 있다는 푸른나무치과까지 가는 길을 검색해 보았다. 우리 집에서 가장 가까운 역은 노원역이다. 노원역에서 서울역까지 소요시간 31분, 15개 징거장, 17.5킬로미터. 서울역에서 새마을호를 타면 4시간 50분, 무궁화호를 타면 5시간 20분, KTX를 타면 3시간 정도. KTX는 새벽 5시 30분부터 운행이 되며 배차 간격은 10분에서 20분 사이. 부산 진구 부전1동 21-3 이신다빌딩 11층. 롯데시네마 건너편.

"나 민속촌 정말 싫은데."

연주는 어느 틈에 옆에 와서 자리를 잡고 누운 냥이의 머리를 쓰다듬으며 말했다. 냥이는 기분이 좋은지 그르릉, 하는 소리를 냈다.

"웬 민속촌?"

"나랑 가 보고 싶었던 곳이래. 내가 아직도 초등학생인 줄 아나 봐. 여름이 아니어서 다행이야. 여름이면 워터파크에 가자고 했을지도 모르잖아."

"혹시…… 부러웠니? 워터파크에 가족들이 온 걸 보면?"

"어렸을 때는."

연주 목소리가 쓸쓸하게 내려앉았다. 시간은 거꾸로 되돌릴 수 없다. 우리가 할 수 있는 건 기억을 조작하는 것뿐이다. 그런데 어떤 사람들은 좋은 것들은 잊어버리면서 안 좋은 것들은 꼭 더 나쁘게 만든다. 밤은 무서운 속도로 시간을 뭉텅뭉텅 잘라먹고 있었다. 그만 일어서야만 했다.

"저기, 나도 너한테 생일 선물 해 주고 싶은데. 뭐가 좋을까?"

"선물?"

연주는 의외라는 듯 깜짝 놀라는 얼굴이었다.

"그럼, 당연하지. 너랑 나랑……."

뒷말은 하지 못했다.

"생각했다가 꼭 학교에서 말해 줘."

"저기, 지금 말할게. 괜찮다면……."

가슴이 설레었다. 연주의 도톰한 입술이 잠시 망설이다가 입을 열었다.

"내가 아빠 만나는 날 말이야. 혹시 내가 연락하면 만나 줄 수 있어? 혹시 말이야."

"그럼, 당연하지! 밤방에서 기다릴게."

"연락하지 않을지도 몰라."

"알아."

나는 연주의 어깨에 잠시 손을 올렸다가 학교에서 연주가 그랬던 것처럼 머리카락을 헝클어뜨렸다. 매일 보는데도 사무치게 아쉽다는 말이 있는지 모르겠지만 사무치게 아쉬웠다.

밤방을 타고 넘어가니 빨강머리는 여전히 노트북 앞에 앉아 있었고 노랑머리는 종이 위에 뭔가 끄적이고 있었다. 이 아이들은 집으로 돌아가지 않아도 되는 건가? 엄마든 아빠든 간섭하는 사람이 없는 건가? 그런 생각을 하며 가볍게 인사를 했다.

"잘 가! 근데 연주 아빠라는 사람 어린이날 만나자는 거 너무 잔인하지 않니?"

"어린이날이 공휴일이니까 그렇지. 회사 안 가니까."

나 대신 빨강머리가 대답했다. 그러니까 어쩌면 색깔들은 5월 5일이 연주 생일이라는 걸 모르는 게 아닐까? 연주는 나한테만 생일을 알려 준 건 아닐까? 그런 생각이 들어 괜히 뿌듯해졌다.

건물 밖으로 나와 위를 올려다보니 연주는 여전히 지붕 위에 있었다. 연주는 고양이를 쓰다듬고 있는지 고개를 숙이고 있어 내가 손을 흔드는 건 보지 못하는 것 같았다.

"연주야!"

나도 깜짝 놀랄 만큼 큰 소리였다. 목소리는 차가운 밤공기에 실려 연주도 깜짝 놀라게 했다.

"연주야! 연주! 김연주!"

나는 두 팔을 내저으며 그렇게 연주 이름을 부르고는 내달리기 시작했다.

9

어린이날에는 비가 오는 게 좋았다. 초등학교를 졸업하면서 더 이상 어린이가 아닌 게 좋았다. 어린이날에 아빠를 기다리지 않아도 돼 다행이었다. 몰두할 다른 것이 필요했던 나는 어린이날을 끼고 진행되는 중간고사도 좋았다.

연주의 생일이 시험 기간에 있는 것쯤 아무것도 아니었다. 나는 밤방에도 가지 않고 시험공부에 매달렸다. 엄마는 말로만 그러는 게 아니다. 성적이 떨어지면 감옥 같은 학원에 갈 각오를 해야 한다. 나의 일거수일투족을 다 엄마한테 보고할 감시자가 있는 그런 학원 말이다. 연주 생일 다음 날 있는 과목들도 미리미리 챙겨 두어야 하기 때문에 몸은 더 고달팠다.

"나는 네가 완전 미친 줄 알았는데, 공부하는 걸 보니 안심이 된다."

나를 보며 윤호는 다행스러워했다. 연주의 생일에 시간을 확보하기 위해서, 밤방에 계속 드나들기 위해서 필사적으로 공부하고 있다는 것을 윤호는 몰랐다. 그렇게 다시 야간 자율학습을 시작했고 윤호와 함께 저녁밥을 먹으러 학교 밖으로 나갔던 어느 날이었다.

횡단보도 앞에는 사람들이 무리 지어 있었는데 모두들 고개를 들고 무엇인가를 보고 있었다. 나도 사람들을 따라 고개를 들었다. 2미터가 넘는 아찔하게 높은 사다리 위에 빨간 모자를 쓰고 크고 검은 선글라스를 낀 우리 또래 남자아이가 앉아 있었다. 아이는 두 손으로 긴 봉을 들고 있었는데 그 봉 끝에는 어른 머리만 한 가짜 주먹이, 검지만 펴서 한 방향을 가리키고 있었다. 사람들은 일제히 위로 쳐든 고개를 옆으로 돌려 손가락이 가리키는 곳을 보았다. 횡단보도 건너편 건물 3층에 샐러드바가 새로 생긴 모양이었다.

"얼굴 봤어? 죽이지?"

"완전 멋있지 않냐?"

"웃었어, 웃었어!"

한 무리의 여자아이들이 사다리 위의 남자아이를 가리키며 법석을 떨고 있었다. 나는 다시 아이를 올려보았다. 빨간 모자 아래로 노랑머리가 삐죽삐죽 나와 있었다. 아이의 얼굴이 나를 향해 있어 마치 선글라스 뒤에 있는 눈이 나를 아는 것만 같았다.

파란불로 바뀌어 횡단보도를 지나려다가 고개를 돌려 다시 보았다. 노랑머리였다.

"어이!"

나는 소리치며 한 손을 번쩍 들었다. 이름을 모르니 할 수 없었다. 노랑머리는 계속 웃음을 띠고 있었기 때문에 나를 보았는지 어쨌는지는 알 수 없었다. 아르바이트를 하는 모양이었다. 너무 위험한 아르바이트 같았다. 누군가 실수로 사다리를 건드려 밑으로 떨어진다면, 생각만 해도 아찔했다. 연주가 저런 아르바이트를 한다고 할까 봐 걱정되었다. 횡단보도를 다 건너고 다시 한 번 쳐다보았다. 노랑머리는 창을 찌르는 것처럼 샐러드바를 가리키고 있는 손가락 봉을 뒤로 뺐다가 앞으로 밀곤 하며 장난을 치고 있었다. 물론 장난은 아닐 것이다. 저렇게 웃고 있어도 저건 일이었다. 돈을 벌기 위한. 어쩌면 노랑머리는 집을 나온 것일까? 아니면 오토바이라도 사려고 돈을 모으고 있는 것일까?

나는 아무것도 물을 수 없었다. 연주가 처음 담배 피는 것을 보았을 때 마음을 들키지 않으려고 고개를 돌렸던 것처럼 말이다.

밥을 먹고 있는데 엄마한테서 문자메시지가 왔다.

"또 아줌마야?"

"그래, 5월이잖아."

나는 핸드폰을 무음으로 돌렸다.

"답신 안 해?"

"못 들었다고 하지 뭐."

"과연 무음이군."

윤호와 나는 서로 마주 보며 쓸쓸하게 웃었다.

어제와 같은 오늘을 흘려보내며 머릿속만 분주했다.

그렇게 그날이 왔다.

연주로부터 메시지를 받았을 즈음에 나는 이미 기다림에 지쳐 녹초가 되어 있었다.

1시간 후 밤방 도착.

환시를 보는 것처럼 눈을 비비고 몇 번이나 메시지를 확인하고는 또다시 확인했다. 더 이상 독서실에 앉아 있을 수 없어서 아주 천천히 가방을 싸서 밖으로 나왔다.

나는 연주 가슴에 빨간 장미꽃 한 다발을 안기고 싶은 걸 꾹 참으며 머리핀하고 케이크를 사서 밤방에 도착했다. 제발 오늘만은 색깔들이 오지 말기를 얼마나 바라고 또 바랐는지 모른다.

"어이, 연주 친구!"

"안녕!"

지붕 위에 빨갛고 노란 고양이 두 마리가 알은체를 해 왔다.

"그거 뭐야? 먹을 거야?"

"케이크야? 배고파!"

아직 노을도 지지 않았는데 시꺼면 인간 고양이는 지붕과 꽤 잘 어울렸다. 심장이 차갑게 식는 것 같았다. 인간 고양이들은 얼마나 빠르게 지붕을 타고 내려왔는지 마지막 계단을 오르려는 찰나 문밖으로 얼굴을 내밀었다. 빨간 고양이였다. 무시무시한 쇳소리와 함께 덧니까지 드러내며 활짝 웃는다. 나도 모르게 뒷걸음질을 쳤다.

나는 케이크를 지키기 위해 자장면을 제안했다.

"못 먹어. 시킬 데가 없으니까. 이 동네는 거의 폐허라고 보면 돼."

"남은 사람들은 너무 가난해서 갈 곳이 없거나 율희 쌤처럼 동네를 지키려는 사람뿐이야."

"율희 쌤은 동네를 지켜야 한다면서 하는 일은 하나도 없어."

"가끔 폐허를 둘러볼 뿐이지."

"율희 쌤은 돈이 많으니까 절실하지 않아."

색깔들은 번갈아 가면서 이야기했다.

"근데 가난한 사람들은 폐허를 지킬 시간이 없어. 일하러 가야 하니까."

"그러니까 쌤쌤. 근데 웬 케이크야?"

노란 고양이가 물었다. 연주 생일이라는 걸 말을 해야 하나 말아야 하나 갈등이 되었다.

"연주 생일이야?"

노란 고양이가 선수를 쳤다.

"연주랑 사귀는 거야?"

동그란 눈이 반짝, 빛난다.

"연주는 사람을 너무 쉽게 사귄단 말이야."

그 소리에 연주병이 도졌다. 가슴속에 뚫린 연주 동굴은 점점 더 깊어져서 그 속으로 빨려 들어갈 것만 같았다 그만 빠져도 좋았다. 네 속에 내가 빠지면 나는 어떻게 되는 걸까? 몸뚱이에 갇혀 내 안에서 길을 잃는 건가?

"연주 생일 아니야."

그렇게 말한 건 물론, 나다.

"이건…… 연주와 연주 아빠의 상봉 케이크."

나는 그럴싸하게 말했다.

"멋진데!"

색깔들은 동시에 소리쳤다. 내가 생각해도 멋진 거짓말이었다.

"아르바이트하고 있었지?"

노란 고양이를 보며 물었다.

"손가락 아르바이트?"

"그걸 그렇게 불러?"

"나도 너 지나가는 거 봤는데. 나는 도저히 퇴학이 안 돼."

노랑머리는 습관처럼 또 이야기를 섞어 말했다.

"애는 인복이 너무 많아. 우리 학교는 노란 머리면 퇴학이야."

빨간 고양이는 부러운 듯이 말했다.

"빨간 머리는 괜찮고?"

그렇게 물은 건 나였다.

"그래서 퇴학당했어."

"어, 미안."

당황해서 얼른 대꾸했다.

"괜찮아. 퇴학당하고 나니까 아빠가 날 정말 개 취급하더라고."

나는 그게 괜찮은 건지 어쩐 건지 몰라서 가만히 있었다.

"집을 나오는데 아무도 말리지 않더라."

"나가라고 했다며?"

노랑머리가 물었다.

"그래, 나가라고 했지. 그러니까 말리지 않은 거고."

빨강머리는 어쩌면 끝까지 기대한 건지도 몰랐다. 가족이 잡아 주기를.

"나도 퇴학을 당해야 아르바이트할 시간이 많아지는데."

노랑머리가 말했다.

"배부른 소리 하지 마. 학교 다닐 때가 좋은 거야!"

빨강머리는 소리쳤다. 맞는 소리이긴 했지만 빨강머리가 할 말은 아닌 것 같았다. 내가 그런 생각을 하고 있는 걸 눈치챘던 걸까?

"내가 염색을 한 이유는 아버지를 테스트하기 위해서였어."

빨강머리는 말했다.

"마지막 테스트였지."

노랑머리는 이미 알고 있는 이야기인 듯 덧붙였다.

"그런데 끝까지! 아버지는 자기 체면이 가장 중요했어. 나 같은 건 부끄러운 자식일 뿐이었어. 염색한 내 머리를 보더니 그러더라. 너 같은 병신 새끼한테 아주 잘 어울린다. 나가 죽어라. 테스트 결과 아버지 점수 빵점. 나도 마지막 기대를 버렸어."

"아무리 그래도 나는 네가 아버지하고 인연 끊었다는 소리는 안 믿어."

노랑머리는 담뱃갑을 만지작거리면서 말했다.

"왜?"

빨강머리는 얼굴을 잔뜩 찌푸렸다.

"네가 그러는 거 전부 다 아버지한테 인정받으려고 하는 행동으로밖에 안 보이니까.”

“네가 뭘 알아!”

빨강머리는 소리치면서 느닷없이 노랑머리의 멱살을 잡았다. 노랑머리도 지지 않았다.

“왜들 이래!”

나는 중간에 끼어서 색깔들을 겨우 떼어 놓았다.

“네가 나에 대해서 뭘 알아? 네가 우리 아버지를 알아?”

빨강머리는 분이 풀리지 않는지 노랑머리를 무섭게 쳐다보며 씩씩댔다.

“너는 네가 얼마나 인복이 많은지 정말 모르는 거야!”

노랑머리는 잠자코 담배를 하나 물고 불을 붙였다.

“여기서 피지 말란 말이야! 몇 번을 말해야 알아들어 처 먹어! 비흡연자의 권리가 먼저란 말이야! 빨리 끄지 못해!”

빨강머리는 쉬지 않고 소리를 질렀다.

“거 되게 시끄럽네.”

노랑머리는 결국 밤을 여는 문을 열고 퇴장했다.

빨강머리는 담배 연기를 뿜는 대신 욕설을 내뿜으며 방 안을 배회하더니 열린 창문 밖으로 얼굴을 내밀고 소리쳤다.

“아버지! 잘 먹고 잘 사냐? 나 없이 잘 먹고 잘 사냐? 행복하냐? 내가 없어서 행복하냐?”

곧바로 누군가 소리치는 소리가 올라왔다.

“시끄러워!”

창문 바로 아래에서 들리는 연주 목소리였다.

10

나는 현관문을 활짝 열고 연주를 기다렸다. 먼저 소리부터 타박타박, 올라왔다. 그다음 동그란 연주 머리가 보였다. 좌우로 흔들리는 팔이 보이고, 언뜻언뜻 다리가 보이고, 옆얼굴이 보이고, 조그맣고 하얀 얼굴이 위로 들려지고, 오늘따라 유난히 새까만 연주의 두 눈이 나를 보았다.

나는 왕자님이 공주님을 맞을 때 그렇듯이 허리를 90도로 굽히고 두 팔로 연주를 안내했다. 연주가 알은체를 해 올 때까지 그러니까 머리를 쓰다듬어 준다던가, "오냐." 하면서 장난을 받아준다던가, 할 때를 기다리며 허리를 굽힌 채로 종종걸음을 쳤다. 내 머리를 쓰다듬어 준 건 어느 사이 방으로 들어온 노랑머리였다. 노랑머리는 강아지한테 그리는 것처럼 우쭈쭈, 하는 소리까지 냈다.

고개를 들어 보니 연주는 창가에서 담배를 한 대 물고는 불을 붙이고 있었다. 빨강머리는 아무 말도 못했다. 방 안에 무거운 침묵이 빠르게 번져 갔다. 우리는 연주가 담배 한 대를 다 필 때까지 그 자리에서 꼼짝도 못했다.

연주는 드디어 몸을 돌려 창가에 기대어 섰다. 노을이 시작돼 붉은 구름이 하늘을 채우고 있었다. 붉은 기운 때문인지 연주는 얼굴도 붉었고 커다랗고 동그란 두 눈도 붉었다.

"아무것도 물어보지 마!"

이상하게 갈라진 목소리였다. 색깔들의 한숨 쉬는 소리가 방 안을 가로질러 지나갔다.

"혼자 있고 싶어!"

그 말에 거역하기 어려운 어떤 느낌이 있었다는 건 인정한다. 하지만 색깔들이 서로 눈짓을 하며 가방을 주섬주섬 챙겼을 때 나는 어리둥절했다.

"너도 가자."

노랑머리가 말했다.

"그래, 빨리."

빨강머리도 말했다.

"싫어."

내가 말했다. 색깔들은 눈이 동그래져서 나를 보고는 또 서로 마주 보고 의미 있는 눈짓을 나누더니 고개를 설레설레 흔들었다.

"연주랑 안 사귀는구나."

노랑머리가 말했다.

"몰라도 너무 모르네."

빨강머리가 말했다.

"우린 갈래."

색깔들이 말했다.

그렇게 밤방엔 연주와 나 둘이 남았다. 꿈만 같았다. 붉은 비가 쏟아지고 있었고 연주의 생일이었다. 이런 시간을 얼마나 간절히 원했던가! 나는 너무나 행복해서 자꾸 웃음이 났다.

"웃어?"

연주가 뜨악한 얼굴로 물었다. 나를 한 대 칠 것 같았다. 색깔들이 급히 사라진 걸 보면 연주와의 사이에 무슨 일이 있기는 했나 보았다. 나는 상관없었다.

"너랑 둘이 있는 게 너무 좋아서."

오늘 나는 솔직해지기로 한 것이다. 어쩌면 색깔들도 한몫했다. 아까 밤방에 왔을 때 지붕 위에 올라앉아 있던 색깔들을 보고 얼마나 실망했는지 모른다. 지금 이 시간이 너무 소중했다.

"나랑 둘이 있는 게 좋다?"

연주는 분명 빈정거리고 있었다. 한쪽 눈썹을 치켜뜨며, 역시 한 대 칠 것 같았다.

"그럼 너 오늘 나랑 여기서 잘래?"

그건 상상도 하지 못한 일이었다.

"내일 시험은 이미 준비가 끝나셨나 봐? 참 우리 범생이는 공부도 미리미리 해 놓지?"

연주는 싸울 태세를 하는 것처럼 팔짱을 끼며 이죽거렸다. 얼굴이 화끈 달아올랐다.

"시간이 남아도니까 이렇게 행차하신 거 아니야? 그러니까 나랑 여기서 잘 거면 있고 안 잘 거면 꺼져!"

연주는 얼굴이 새빨개져서 소리쳤다.

"내 말 안 들려?"

"꺼지라고!"

"네가 뭔데. 뭔데! 네가 도대체 뭐냐구!"

"이제 그만 쫓아다니라고!"

연주는 너무 슬퍼 보였다. 그래서 나는 꼼짝도 못했다. 연주는 이제 손에 닥치는 대로 아무거나 집어서 던지기 시작했다. 야광봉이며 팔레트 같은 것들이 날아왔다. 연주는 정확하게 나를 맞추기 위해서 던졌고, 나는 맞았다. 아팠다. 연주가 의자를 두 손으로 잡고 들어 올렸을 때 나는 연주 앞으로 걸어갔다. 연주의 팔이 부들부들 떨리고 있었다. 나는 연주에게서 의자를 받아 바닥에 내려놓았다. 그리고 연주를 꼭 끌어안았다. 연주는 내 품 안에 쏙 들어와 마치 인형을 안은 것 같았다. 겨우 내 어깨 정도밖에 닿지 않는 연주의 머리를 가만히 쓰다듬었다. 머릿속은 뜨거웠고 땀이 맺혀 있었다. 연주는 내 품에서 소리 없이 울었다. 나는 셔츠가 젖는 걸 느끼며 연주가 울고 있는 걸 알았다. 문제는 내가 서서히 흥분하기 시작했다는 것이다. 품에서 연주를 떼어 낼 수밖에 없었다.

창가에 있는 의자를 끌고 와 연주를 앉혔다. 좀 거리를 두고 나도 앉았다. 처음 밤방에 왔던 그날이 떠올랐다. 나는 창문턱에 두 다리를 얹었다. 연주는 다리를 세우고 앉아 그사이에 얼굴을 파묻고 있었다.

"연주야."

나는 묻지 않을 수 없었다.

"아까 네가 그랬잖아."

연주는 미동도 없었다.

"그…… 잔다는 거 말이야. 그거…… 그거 말하는 거니?"

그게 맞다고 하면 어떻게 할까? 잔다고 할까? 몸이 뜨거워지더니 바지 앞섶이 부풀어 오르기 시작했다. 나는 슬그머니 일어나 붉은 하늘을 마주 보고 창가에 섰다. 정말 난감했다.

역시 내가 리드를 해야 하겠지? 근데 어떻게 하는 거지? 일단 연주를 눕혀야 할 텐데, 방 안에 침대가 없는 것이 문제였다. 첫 경험은 여자를 안아 들고 침대에 눕힌 뒤 아기처럼 소중하게 다루며 하고 싶었다. 현실을 따르기로 했다. 그나마 탁자가 있으니 다행이다. 다행이라고? 좁은 탁자 위에서 어떻게 하지? 다리를 굽히면 가능할까? 그러다가 떨어지기라도 하면? 연주는 경험이 있을까? 어쩌면 많을까?

"섹스?"

연주의 말에 가슴이 쿵, 내려앉았다.

"그 말이 여기서 왜 나와?"

연주의 목소리는 그대로 뿅망치가 되어 내 뒤통수를 쉬지 않고 기격했다.

"바람이나 쐬러 가자."

나는 잠시 움직이지 못했다. 축축해진 손바닥을 바지에 문질러 닦고

헛기침을 몇 번 한 뒤 조용히 연주 뒤를 따랐다. 지붕 위에 올라앉아서도 여전히 멋쩍었다.

연주는 오랫동안 말이 없더니 내 어깨에 머리를 기대 왔다. 가슴속에 있는 연주 동굴이 출렁이기 시작했다. 여자가 머리를 기대 오는 경우 어떻게 해야 하는지 알 수 없어 나는 최대한 어깨를 낮추고 구부정한 자세로 있었다. 연주는 그러고도 또 가만히 있어 나는 자유로운 다른 손으로 연주의 머리카락을 쓰다듬었다. 나는 좀 더 용기를 내어 연주의 뺨 언저리를 손가락으로 쓰다듬었다, 손가락은 연주의 입술을 찾아내었다.

연주는 지붕에 올라온 후 처음으로 입을 열었다.

"손 치워."

나는 재빨리 손을 내렸다.

허리가 결리기 시작했다. 그런 것쯤 아무것도 아니었다.

연주는 긴 한숨을 쉬며 자세를 바로 했다. 나도 비로소 허리를 펴는데, "아구구구." 하는 소리가 절로 났다. 그 소리가 연주를 웃겼다.

"바보. 말을 하지."

연주의 목소리에 웃음이 묻어 있었다. 나는 그 순간을 놓칠세라 얼른 물었다.

"아빠, 안녕하세요?라고 했어. 아버지, 안녕하세요?라고 했어?"

연주는 말을 삼키는 듯 침을 꿀꺽 삼키더니 고개를 돌려 나를 보았다. 연주의 눈동자는 이상하게 팽창되어 있었다. 커다란 두 눈이 수많은 이야기를 쏟아 내고 있었다. 하지만 눈동자는 말을 할 줄 모른다. 그건 입의 몫이었다. 연주는 입을 몇 번 달싹이더니 힘겹게 목소리를 끌

어울렸다.

"개새끼."

다시 침묵이 찾아왔다.

연주는 담배에 불을 붙였다.

그 순간 왜 아빠가 생각났을까?

"내 아빠도 부재로 존재해."

나는 왜 연주한테 아빠 이야기를 시작했을까?

"초등학교 5학년 때였어. 어느 날 아빠가 사라졌어. 한참 뒤에 엄마가 그러더라. 이혼했다고. 그 뒤로 난 단 한 번도 아빠를 본 일도 목소리를 들은 일도 없어. 아빠는 단 한 번도 나를 찾은 일이 없어."

"넌?"

연주는 물었다.

"넌 찾은 적이 있어?"

"어디 있는지는 알아."

"그럼 한번 찾아가 봐. 물어봐. 네가 묻고 싶은 거 전부, 그리고 네가 말하고 싶은 거 전부 다 말하고 와. 나처럼 아무 말도 못 하고 엉뚱한 데 와서 화풀이 같은 거 안 하게 말이야."

"실망…… 아빠한테 실망해서 화난 거야?"

나는 조심스럽게 물었다.

연주는 고개를 돌려 밤하늘을 올려다보더니 혼잣말하듯이 말했다.

"이상한 건 말이야, 아무렇지도 않았다는 거야. 아빠라고 하니까 아빠지 모르는 아저씨라고 해도 이상할 게 없었어. 어디 하나 닮은 구석이 있나 정말 열심히 찾았는데 잘 모르겠더라고."

연주는 피식, 웃으며 말을 이었다.

"나는 피가 땡길 줄 알았거든. 정말 바보 같아. 그건 드라마에서 하는 거짓말이었어. 그 사람을 알아본 것도 나였어. 나는 적어도 사진은 갖고 있었으니까. 그런데도 드라마에서 하는 오버액션은 그 사람이 다 하더라. 네가 이렇게 컸구나, 길거리에서 보면 정말 몰라보겠다, 완전히 아가씨가 다 됐네, 네가 얼마나 조그만 아기였는 줄 아느냐. 우리 중에 아기가 아니었던 사람도 있어? 그 입 좀 닥치라고 소리칠 뻔했어."

"……."

"자기는 다시 결혼도 했고 중학생이랑 초등학생 자식들도 있대. 돈을 아무리 열심히 벌어도 늘 모자란대. 지금 사는 집이 너무 좁대. 나는 왜 자꾸 그런 말을 하는지 몰랐어."

연주는 울지 않으려고 그러는지 입술을 꼭 깨물었다.

"내가 돈 뜯어 갈까 봐 걱정됐던 거야."

"설마!"

연주는 원망스러운 눈으로, 나에 대한 원망은 아니었겠지만, 말을 이었다.

"저녁 먹을 시간이 없다고 하니까 되게 좋아하더라. 그러면서 지갑에 이것밖에 없다면서 25만 원을 꺼내 주는 거야. 30만 원이면 30만 원이고 20만 원이면 20만 원이지, 25만 원은 또 뭐냐?"

"받았어?"

"당연하지. 나쁜 새끼, 자기 자식을 그렇게 취급하면 그런 사람이 돼 줄 거야."

"왜 받았어?"

나는 연주가 또 화낼까 봐 기어들어 가는 목소리로 말했다.

연주는 쓸쓸하게 말했다.

"뭐 하나 사 주고 싶은데 뭘 사 줘야 하는지 몰라서 고민하다가 주는 거래. 아빠 노릇 한번 하게 해 달라고, 필요한 거 사라고. 그래서 받아 줬어. 인간 불쌍해서. 어차피 다시는 안 볼 거니까 소원 한 번 들어주는 셈 치고."

"다시는 안 볼 거야? 너무 실망해서?"

"연락하려고 아빠 찾아 삼만 리 한 거 아니야."

"그러면?"

"학교 관둘까 말까 고민 중이거든. 아빠 만나고 결정하려고 했어."

"왜?"

"이유는 잘 몰라. 그냥. 내 열일곱 생일에 대한 예의라고 할까."

"그럼 이제 어떻게 되는 거야?"

"학교 관둘 거야. 난 이제 어른이 되기로 했어."

"왜?"

나는 연주가 하는 이야기를 아무것도 이해하지 못했다.

"계속 아이로 남아 있을 필요가 없으니까."

"왜?"

"아무도 돌봐 주지 않으니까."

"엄마는?"

"엄마는…… 상관 안 해. 엄마는 내가 감당이 안 된대. 자기 인생 감당하기도 벅차대."

말끝이 약간 울먹이는 것도 같았다.

"나 머리 자른 그날."

"그래, 기억해."

"엄마가 나 때렸는데 내가 엄마 팔목을 잡았잖아."

연주는 언젠가처럼 얼굴을 찡그리면서 웃었다.

"근데 우리 엄마 나보다 키가 한 10센티 더 크거든. 어이없다는 듯이 웃더라. 자기보다 훨씬 키도 작고 덩치도 작은 애가 팔목을 잡으니까. 다 컸다 그러더라. 그다음부터 나 안 때려."

"맞았어? 많이?"

"맞았어, 많이."

"머리는 왜?"

"다 컸으니까 그딴 소녀 취향 버려야지."

"어울렸는데."

"남자들이란."

연주는 한심하다는 듯이 말했다.

다시 정적이 찾아왔고 나는 그대로 좋았다. 연주가 학교를 관둔다는 어마어마한 소리를 했는데도 나는 말귀를 못 알아들은 것이다. 지붕 위에 비스듬히 앉아 있으면 우리가 나누는 이야기들도 자꾸 미끄러졌다. 나는 어떻게 하면 연주의 생일 파티를 근사하게 할까, 그런 생각을 하느라고 폐허가 된 동네에 낯익은 사람들이 배회하는 것도 모르고 있었다.

11

연주가 먼저 허리를 세우고 지붕 아래를 내려다보았다. 아무 생각 없이 연주를 따라 고개를 돌렸을 때 나는 그만 지붕에서 미끄러질 뻔했다. 본능적으로 허리를 굽혔다, 그것으로는 안 될 것 같았다. 나는 지붕에 납작 누워 버렸다. 아무래도 연주 고양이가 신경 쓰였다. 2층 높이라지만 인간 고양이는 앉은키가 크다. 나는 연주의 허리를 한 손으로 감아 끌어안았다. 연주 얼굴이 내 앞으로 내려왔다.

"조용히!"

나는 검지를 연주의 입술에 대며 다급하게 말했다. 사람이 급하면 괴력이 나오듯이 나는 짧은 시간 동안 아주 많은 생각을 했는데, 연주가 나처럼 하늘을 보고 누울 수도 있겠지만 그러면 지붕이 더러워서 옷을 버릴 수 있을 것 같았다. 내가 쿠션이 되리라 생각했다.

"여기가 맞는 거야? 여기가 맞지?"

낯익은 목소리들은 장전된 총알처럼 조용한 거리에 쉬지 않고 발포되었다.

"언니, 여기 사람 사는 동네가 아닌 것 같은데."

"정확히 여기야, 여기. 주소가 맞잖아. 우리 올라가 보자."

"언니, 이건 아닌 것 같아. 호세한테 한 번만 더 전화해 볼까?"

"너 그만 입 닥쳐. 듣기 싫어."

내 이름은 공기를 따라 빠르게 이동해 연주 귀에 들어갔다.

"너 완전 재수 없다."

연주는 얼굴을 잔뜩 찌푸리며 말했다.

"무슨 소리 들린 거 같지 않니?"

엄마 목소리가 올라왔다.

"뭔가 있는 거 같아. 야, 빨리 올라가자."

"언니!"

"왜?"

"언니 이러는 거 얼마나 사람 숨 막히게 하는 줄 알아?"

"너 그런 소리 할 거면 가. 이제 너 필요 없으니까."

"내가 뭐 언니 때문에 온 줄 알아? 호세 때문에 온 거지."

"너 자꾸 호세, 호세 하지 마. 걔 내 아들이야."

"미워하면서 닮는다더니 이럴 때 보면 엄마하고 똑같은 거 알아?"

"그 입 다물지 못해!"

나는 연주의 머리를 끌어당겨 내 가슴에 얹은 후 두 손으로 연주의 귀를 막았다. 노래라도 불러 엄마와 이모가 하는 이야기를 막고 싶었다.

"완전 영화 〈미저리〉다."

연주가 조그맣게 중얼거렸다.

"한국판 〈미저리〉, 〈올가미〉."

연주는 아는 영화도 많았다.

잠시 뒤, 쿵쿵쿵쿵 하는 소리가 들렸다. 엄마가 밤방 문을 두드리고 있는 모양이었다. 연주가 일어서려는 기척이 느껴져 손에 힘을 주었다.

"미안, 조금만 기다려 줘."

내가 얼마나 한심하게 보일지 충분히 알고도 남았지만 어쩔 수 없었다.

"싫어."

연주는 단호하게 말하고는 허리를 세워 앉았다. 순간 연주가 내 몸속에서 빠져나간 듯 허전함이 밀려왔다.

"왜 숨는 건데?"

연주는 뻐딱하게 물었다.

"그래야…… 내가 여기에 계속 올 수 있으니까."

"누가 받아 준대? 너 이제 여기 오지 마. 자격 없어. 마마보이는 사절이야. 엄마하고 놀아. 너네 다 재수 없어. 다 찌질해!"

연주 목소리는 너무 컸다.

"미안하다."

나는 낙담해서 말했다. 이제 엄마한테 들키는 건 시간문제였디. 그럼에도 불구하고 엄마하고 이모가 건물에서 나오려는 기척이 느껴지자 몸은 바로 반응해 좀 전처럼 지붕에 납작 누웠다.

연주는 정말 느닷없이 노래를 부르기 시작했다. 언젠가 기타로 치던

곡이어서 좀 익숙하지만 여전히 어설픈 노래였다.

"애!"

엄마 목소리가 올라왔다. 연주는 노래를 멈추지 않았다. 가사도 자꾸 끊어지는 게 아직 작곡뿐 아니라 작사도 덜 된 것 같았다.

"애! 너! 지붕 위에 너!"

연주는 잠시 노래를 멈추었지만 엄마를 상대해 주기 위한 것은 아니었다. 연주는 나를 물끄러미 내려다보았다.

"똑바로 앉으면 키스해 주지."

나는 귀를 의심했다.

"뭐라고?"

"두 번 말 안 해."

나는 몸이 먼저 반응해 바로 허리를 세워 앉았다.

"뭐야, 누가 또 있네."

엄마 목소리가 들렸다. 연주 뒤로 엄마가 보였다. 엄마를 마주 보고 있는 꼴이었다. 연주는 생긋 웃더니 눈을 감았다. 나는 연주의 어깨에 두 손을 올렸다.

"애! 어른이 얘기하면 대꾸를 해야지!"

엄마는 지붕 위를 올려다보며 꽥꽥 소리를 질러 댔다.

연주의 입술은 검고 붉었다. 나는 조금씩 연주에게 다가갔다. 얼굴을 돌려야하는 걸까? 오른쪽으로?

"뉘집 자식인지 걱정된다, 걱정돼."

그 소리에 연주가 픽, 웃으며 눈을 떴다. 눈에 장난기가 떠올라 있었다. 나는 어깨에 얹고 있던 손을 들어 연주의 두 뺨을 잡았다. 천천히 연주의 입술에 내 입술을 대었다. 눈은 저절로 감겼다. 순간 연주 동굴이 열려 연주는 내 가슴으로 쑥 들어왔다. 온몸 구석구석에서 천사들이 축포를 터뜨리고 있었다.

연주가 나를 밀어냈을 때에야 비로소 정신을 차렸다. 지붕 위에서 첫 키스, 그것도 연주의 생일에! 나는 연주의 머리를 헝클어뜨리며 웃었다.

"축하해, 첫 키스."

"첫 키스 아닌데."

나는 시치미를 떼었다. 연주는 어떻게 안 걸까?

"축하해. 열일곱 번째 생일."

나는 연주를 꼭 닮은 고양이 핀을 선물했다.

"와!"

연주는 아이처럼 소리 지르며 포장을 풀었다.

"어두워서 잘 안 보여."

우리는 밤방으로 들어가려고 일어섰다. 나는 그제야 엄마와 이모가 떠올랐다. 키스는, 어쩌면 첫 키스는 기억을 상실하게 만드는 놀라운 힘이 있는가 보았다. 거리를 내려다보았다. 엄마가 그 자리에 우뚝 서서 나를 올려다보고 있었다 하더라도 나는 연주의 손을 놓지 않았을까?

우리는 손을 꼭 잡고 지붕을 내려갔다.

12

　의자에 놓아둔 가방은 얼마나 격렬하게 트위스트를 췄던지 바닥에 떨어져 있었다. 나는 가방에서 핸드폰을 꺼내 배터리를 뺐다.

　"완전 마마보이는 아닌가 봐."

　"마마보이 아니야."

　나는 힘주어 대답했다.

　"엄마가 불쌍해서 좀 봐 주고 있는 거지."

　"그게 그거야."

　연주는 평상시로 돌아가 무덤덤하게 말했다.

　"너도 엄마가 그러기를 원하잖아."

　연주가 말했다.

　"내가 뭘, 원해?"

　"엄마가 널 불쌍하게 여기기를 바란다고."

"설마."

나는 그렇게 대답하는 것과 동시에 뒤통수를 한 대 얻어맞은 것 같았다. 아무에게도 들키지 않으려고 책상 서랍 깊숙이 넣어 두었던 엉망인 성적표를 들킨 기분이었다. 숨길 수 있을 거라고 생각해서 나조차 잊어버리고 방심했던 것을 연주는 어떻게 알았을까?

"일단 그렇다고 치고, 생일 파티 하자!"

나는 어물쩍 넘어가고 싶었다.

"너는 네 의지대로 살고 있어?"

연주는 물었다. 그리고 답은 거기에 있다는 듯 내 눈동자를 들여다보았다. 나는 나를 보는 연주를 보면서 연주가 스스로에게 끊임없이 한 질문이었다는 것을 알아 버렸다.

그럼에도 불구하고 물었다.

"의지대로 사는 게 가능하다고 생각해?"

"적어도 포기는 하지 말아야지."

연주는 미리 주어진 대본이 있어, 내가 그 말을 할 줄 알았던 것처럼 쉽게 대꾸했다.

"끊임없이 그렇게 되도록 노력해야지. 나 자신은 그렇게 해서 찾아지는 거야. 그러지 않으면 자꾸 자신을 잃어버리게 되는데, 넌 무섭지 않니? 네 자신을 잃어버린다고 생각하면?"

"......"

"그런 점에서 난 우리 엄마 어쩌면 존경해. 오늘 그 사람까지 만나고 보니까 더 그런 생각이 들어."

"어떤 면에서?"

나는 정말 궁금했다. 가족 간에 서로를 불쌍하게 여기거나 미워하는 것 외에 다른 감정을 갖는다는 게 어떤 건지 모른다. 다른 어떤 감정을 가질 수 있다는 건 생각도 해 보지 않았다. 부모를 존경한다는 건 어떤 기분일까? 어떤 부모가 자식으로부터 존경을 받는 걸까?

"나는 부모님이 이혼한 건 순전히 다 엄마 탓이라고 생각했거든. 엄마가 성질이 더러워서 아빠가 견디지 못하고 도망간 거라고 생각했어. 나는 그렇게 믿고 싶었던 거야. 그래야 엄마한테 아무리 구박을 받아도 견딜 수 있으니까, 아빠가 아무리 그리워도 원망하지 않을 수 있으니까. 아빠마저 원망하게 되면 사는 게 더 구질구질해지니까."

연주는 웃었다. 그건 아주 만족스러운 웃음이었다. 연주에게서 통 보지 못했던.

"그 사람 엄마 욕을 하더라. 이혼한 건 다 엄마 때문이었다고."

나는 묵묵히 들었다. 그러려고 노력했다. 첫 키스의 기운은 아직도 짜릿하게 남아 있고 손에는 연주의 손과 허리의 느낌이 남아 있었지만 지붕에서 내려오기 위해, 현실로 돌아오기 위해 애를 썼다.

"엄마는 단 한 번도 아빠 욕을 한 적이 없었어."

연주는 말을 이었다.

"엄마는 나를 지켜 주고 싶었던 거야, 자기 자신이 아니고."

"엄마 자신이 아니고 연주 너를 지키고 싶었던 거다."

나는 연주의 말을 따라 했다.

"나도 그 사람이 엄마 욕하는 거 보고 알았어. 엄마 욕을 하는데 아,

이 사람은 자기밖에 모르는구나. 내가 엄마의 자식이기도 한 것을 모르는구나. 엄마를 욕하는 건 내 몸속에 흐르는 절반의 피를 욕하는 거잖아. 엄마 욕을 할 때마다 나는 피가 거꾸로 솟는 것 같았어."

나는 어땠던가?

엄마가 아빠 욕을 했을 때 나는 어땠던가? 연주와는 달랐다. 나는 엄마와 함께 분노했다. 피가 거꾸로 솟았어도 그건 아빠에 대한 거였지, 엄마를 향한 건 아니었다. 지금 내 옆에 있는 사람은, 나를 보살펴 주고 있는 사람은, 아빠가 아니라 엄마이기 때문이다. 연주도 그렇기 때문에 아빠가 엄마 욕하는 걸 견딜 수 없었던 건 아닐까?

"아빠 만난 거 후회 안 해?"

그건 바보 같은 질문이었다. 알고 있었다.

연주는 습관처럼 의자 위에 두 다리를 올리고 무릎을 세워 그 위에 얼굴을 얹었다. 그러고는 눈을 천천히 감았다가 뜨며 말했다.

"너무 일찍 어른이 된 감은 있어."

그 말이 왜 연주 동굴을 열었는지 나는 알지 못했다. 깊이를 알 수 없는 동굴 속으로 빨려 들어가는 것만 같았다. 가슴에 찌르르, 하니 통증이 일며 나는 끝을 알 수 없는 곳으로 빠르게 떨어졌다. 순간 현기증이 일었다.

"너도 후회하지 않을 거야."

연주의 목소리가 내 눈을 뜨게 했다.

"아빠, 만나 봐."

"나는 아직 어른 되기 싫은데."

나는 내 목소리를 들었다.

"거 봐."

연주는 생긋, 웃으며 말했다.

"마마보이 맞잖아."

"아니라니까!"

"그럼, 뭐야?"

"어떤 진실을 알게 되는 것?"

그건 내 마음이 하는 소리였다.

역시 나는 진실을 아는 것이 두려웠던 걸까? 어떤 진실이 나를 두렵게 하는 걸까? 어쩌면 엄마에게 내가 이용당했다는 것을 목격하는 것인지도 모르겠다. 이제 아빠는 내 아빠이기보다 엄마의 남편처럼 생각되기 때문이다.

케이크에 불을 켜기 위해 형광등을 껐다. 하나하나 촛불이 켜질 때마다 연주의 볼도 더욱 발그레해지는 것 같았다. 열일곱 번째 촛불을 켰을 때 연주의 눈동자도 반짝 빛났다.

"연주야, 열일곱 번째 생일 축하해. 어른 된 것도 축하하고. 참 첫 키스도 축하해!"

"어떻게 알았어?"

연주가 물었다.

"뭘? 응? 어, 글쎄. 어? 첫 키스였어?"

연주는 배시시 웃으며 고개를 끄덕이고는 촛불을 껐다. 가슴이 두근거리기 시작했다. 첫 키스였어! 연주도 첫 키스였어! 나는 그제야 생일 축하 노래를 부르지 않은 것을 알았다. 실은 연습까지 했던 노래를 부르기 시작했다. "사랑하는~."은 정말 큰 소리로 불렀다.

연주는 입술을 동그랗게 모아 촛불을 껐다.

나는 더 이상 참지 못하고 연주를 꼭 끌어안았다. 꿈과는 다르게 나는 연주를 꼭 붙들 수 있었다. 연주는 내 품에 폭 안겼다.

13

현관 앞에 멈추어 섰다. 도어락을 뚫어지게 쳐다보다 문득 생각이 나서 핸드폰에 배터리를 넣고 전원을 켰다. 엄마로부터 온 수십 통의 전화와 메시지 사이로 간간이 이모가 섞여 있다. 그리고 마지막 메시지.

호세, 언제든 이모한테 전화 한번 해. 꼭 해 줄 말이 있다.

해 줄 말, 입속으로 웅얼거리며 엄마한테 메시지를 넣는 게 먼저인지 도어락과 씨름을 하는 게 먼저인지 생각했다.

예상과 다르게 문은 쉽게 열렸다. 엄마는 비밀번호를 바꾸지 않은 것이다. 시험 기간이어서? 아니면 무슨 다른 생각이 있는 걸까?

"늦었네."

엄마는 웃으며, 나를 맞았다.

"전화 많이 했는데."

아무 일도 없었던 듯, 아들의 뒷조사를 하러 무법자처럼 거리를 활보한 사람이라고는 보이지 않는다. 그리고 나는 또 시치미를 뗀다.

"전화는 왜?"

"밥이라도 한 끼 사 주려고 했지. 시험 기간이잖아."

우리는 사이좋은 모자 간이다.

"나 걱정하지 말고 엄마나 잘 챙겨 먹어."

"아유, 엄마 걱정해 주는 건 우리 아들밖에 없다니까."

'정말 그렇게 생각해?'

나는 입을 다물었다. 꾹 다문 입은 머릿속으로 들어가 소리친다. 내가 그렇게 믿음직스럽다면 왜 뒤를 캐고 다니는 거야? 실은 못마땅한 거잖아. 엄마 눈에 차지 않잖아. 그러니까 언젠가 내 짝한테 호세하고 놀지 말라고 했던 거 아니야? 내가 얼마나 좋아하는 애였는데, 대체 왜 그런 거야? 가뜩이나 열등감에 시달리는 애한테 왜 그런 거야? 엄마는 연주한테도 그럴 거야. 대체 왜?

"엄마를 왜 그런 눈으로 봐?"

내 눈동자가 하는 말을 엄마는 얼마나 들은 걸까?

"공부를 열심히 해서 예민해졌나 봐. 눈에 날이 서 있네. 아무튼 이번 성적 떨어지면 학원 옮길 거야, 엄마가 한 말 기억하고 있지? 다 우리 아들을 위해서니까, 자율학습 계속하고 싶으면 엄마한테 증명을 해 주면 되는 거야."

목구멍이 뻑뻑해지기 시작했다.

"엄마는 호세를 위해서 사는 거야. 알지?"

그 순간 연주의 목소리가 들리는 듯했다.

"엄마는 나를 지켜 주고 싶었던 거야, 자기 자신이 아니고."

부재로 존재했던 아빠를 만난 후 깨닫게 된 진실에 대해 연주는 만족스러워했다. 나는 어떤 진실을 마주하게 될까? 나는 과연 연주처럼 아빠를 만나러 갈 용기를 낼 수 있을까? 그리고 여전히 드는 궁금증, 아빠는 왜 나를 찾지 않는 걸까? 어떠한 이유로 아빠에게 난 부재로 존재하는 사람이 되었을까?

"이제 우리 둘뿐인데, 남부럽지 않게 살아야지. 나중에 아빠가 가슴을 치며 후회하게 만들어 줘야 하지 않겠어?"

엄마는 또 두 눈이 촉촉해져서 말했다.

늘 가슴 아프게 들어 왔던 이야기다. 때로는 삶의 목표가 되어 다른 사람을 이기기 위해서 기를 쓰고 공부를 하고, 기를 쓰고 운동을 하기도 했다. 아빠 아들이 그 누구보다 잘났다는 걸 보여 주고 싶었다. 그래서 나를 버린 걸 후회하게 만들어 주고 싶었다. 아니 어쩌면 나는 그것으로 그리움을 달랬는지 모른다. 또 어쩌면 그것으로 아빠를 잊으려고 했던 건 아닐까?

엄마의 소망처럼 아빠가 다시 돌아온다고 해도 나는 이제 아빠를 받아 줄 수 없을 것 같다. 아빠를 용서할 수밖에 없는 변명거리를 아무리 생각해 봐도 마땅히 떠오르는 게 없기 때문이다. 그 긴 시간 동안의 부재를 설명할 수 있는 건 진짜 부재뿐이다. 하지만 아빠는 살아 있다.

"아빠가 돌아올 거라고 생각해?"

나는 큰마음 먹고 물었다. 아빠가 떠난 후에도 오랫동안 베란다를 서성이며 아빠를 기다렸던 엄마였다. 아직도 아빠의 옷을 버리지 못하고, 집 안 곳곳 함께 찍은 가족사진을 내리지 못하는 엄마에게 그런 질문을 하는 건 좀 가혹한 일이었다.

"엄마가 너한테 말하지 않은 게 있는데⋯⋯."

엄마 눈이 이상하게 빛났다.

"우리는 이혼한 게 아니야. 아빠하고 나는 아직까지 부부란다."

"어떻게요?"

"엄마가 서류에 도장을 찍어 주지 않았거든."

엄마는 환하게 웃었다.

서류에 도장만 찍지 않으면 같이 살지 않아도 부부인 걸까? 영원히 부부로 있을 수 있는 걸까?

"참, 앞으로 하교는 엄마가 책임질 거야. 야간 자율학습 끝나면 교문 앞에서 기다릴게."

"왜, 왜요?"

어쩔 수 없이 더듬고 말았다.

"왜라니, 엄마가 우리 호세한테 너무 소홀한 거 같아서 그렇지."

"아니야. 충분해."

"충분하기는⋯⋯."

뒷말을 삼키는 엄마의 눈동자가 흔들렸다. 하고 싶은 말을 애써 참는 눈치였다.

"자, 어서 들어가서 숙면을 취하세요."

엄마에게 떠밀려 방으로 들어왔다.

"미저리, 올가미."

연주 목소리가 환청처럼 들렸다. 영화를 본 적이 없으니 결말을 알 수 없다. 주인공은 아마 살았더라도 사지가 절단 나 있지 않을까?

컴퓨터를 켜고 푸른나무치과에 접속했다. 아빠 얼굴을 물끄러미 보았다. 손바닥으로 눈 밑을 가려 보았다. 아빠와 나는 눈매가 정말 닮았다.

연주가 속삭인다.

"후회하지 않을 거야. 아빠, 만나 봐. 만나서 네가 묻고 싶은 거 다 물어 봐."

검색 기록을 삭제하고 컴퓨터를 껐다.

자리에 누워, 연주와 키스하던 장면을 무한 반복하다가 어느 틈에 잠이 들었다.

14

아침에 나를 깨운 건 엄마였다. 부스스 눈을 떴다. 엄마는 앞치마까지 두르고 있었다.

"토스트 먹고 가."

보통 때는 시리얼을 우유에 말아 먹고 다녔다. 눈곱을 떼며 겨우 자리에서 일어나 식탁에 앉았다.

"자율학습 9시 40분에 끝나지? 이따 보자."

엄마는 출근을 하기 위해 핸드백을 집어 들며 말했다.

"됐어."

반사적으로 대답이 나왔다

"엄마 피곤하잖아. 그냥 하던 대로 해."

언제부터 내 진짜 마음을 말하지 않게 된 걸까?

"우리 아들은 엄마 생각을 너무 한다니까."

엄마의 눈은 말과는 다르게 꼭 그래야 한다는 경고의 빛을 보내고 있었다.

"오늘은 어디서 공부할 거야?"

"학교에서…… 아님 독서실에서 할까?"

나는 대충 대답했다.

"대답하는 게 뭐 그래?"

"엄마가 꼬치꼬치 물으니까 그렇지."

"꼬치꼬치? 어머, 얘 말하는 것 좀 봐. 너 요즘 좀 변한 거 알지? 그러면 엄마 서운해."

결국 소화되지 못한 토스트가 올라왔다.

나는 변하면 안 된다. 키가 아무리 커지고 다리가 아무리 두꺼워지고 농구공을 한 손으로 잡을 수 있을 만큼 손이 커져도 늘 엄마의 아기로 있어야 한다.

"엄마한테는 너뿐인데."

엄마한테는 나뿐이기 때문이다.

"호세마저 아빠처럼 엄마를 배신하면 엄마는 그만 죽고 말 거야."

나마저 아빠처럼 엄마를 배신하면 엄마는 그만 죽고 말 것이기 때문이다.

"엄마가 누구 때문에 사는데."

엄마는 나 때문에 살기 때문이다.

"호세는 엄마 삶의 의미야."

나는 엄마 삶의 의미이기 때문이다.

엄마는 더 이상 지체할 수 없었는지 현관을 나섰다. 나는 욕실로 달려가 목구멍까지 차오른 토스트를 고스란히 토했다. 양치질을 다시 하고 서둘러 집을 나섰다.

집에서 멀어질수록 학교가 가까워질수록 엄마는 빠르게 잊혀졌다. 그리고 교실 뒷문을 열고 들어서며 연주를 확인했을 때 엄마는 완전히 지워졌다.

연주는 나를 보고는 고개를 까딱했다. 연주가 손으로 머리에 꽂은 핀을 톡톡 두드렸을 때에야 내가 선물한 고양이 핀을 꽂고 있다는 것을 알았다. 지붕 위에서 키스했던 일이 떠올라서 좀 멋쩍게 웃고는 자리에 앉았지만 곧 연주가 궁금해졌다. 고개를 돌리니 연주도 나를 보고 있었다. 어쩌면 창밖을 보다가 내가 고개 돌리는 걸 느끼고 돌아본 건지도 몰랐다. 여전히 심드렁한 표정이지만 너무 좋아서 가슴이 뻐근해 왔다.

"좋았냐?"

윤호는 연주를 힐끔거리고 있는 내 턱을 돌리며 물었다. 나는 "첫 키스?" 하고 물을 뻔했다.

"뭐가?"

시치미를 뗐다.

"그러지 말고 말해 봐."

"없어."

"진짜야?"

윤호는 꽤 실망한 눈치였다. 아직은 아무에게도 말하고 싶지 않은, 비

101

밀로 간직하고 싶은 마음이 먼저였지만 실은 말로 할 자신도 없었다. 가슴 떨림이라고 하면 경험치만큼의 가슴 떨림이 될 것이고 부드러움이라고 말하면 그건 또 경험치만큼의 부드러움밖에 되지 않을 테니까. 사랑도 책으로 하고 여행도 책으로 하는 녀석은 도저히 공감할 수 없는 것이다. 첫 키스를 떠올릴 때마다 연주 동굴이 열리는 걸 보면 나는 시간이 꽤 흘러도 윤호한테 생생하게 설명할 수 있을 것 같다. 미안하지만 지금은 말해 줄 수 없다.

"아줌마 이제 너 데리러 온다며? 어떻게 된 거야?"

윤호는 툴툴거리며 물었다.

"몰라."

정말 어떻게 되어 가고 있는 걸까?

15

나는 윤호에게 핸드폰을 맡기고 연주와 함께 교문을 나섰다.

"정말 학교 관둘 거야?"

진지하게 묻기는 했지만 전혀 실감하지 못했던 것 같다. 고등학교 1학년밖에 되지 않은 학생이 학교를 관둔다는 건 내 상상 밖의 일이었기 때문인지도 몰랐다.

밤방에는 율희 쌤이 와 있었다. 오늘은 머리를 쫑쫑 땋았다. 알이 굵은 빨간 방울로 머리를 묶고 있는데도 상남자 같으니 참 이상한 일이었다. 색깔들은 우리를 보자마자 소리쳤다.

"배고파!"

어른이 하나 끼어 있어도 별로 달라질 건 없는 모양이었다.

"토치로 달군 다음에 스크래퍼 이용하면 될 거야. 그 방법이 제일 빨라."

율희 쌤은 어떤 이야기를 하던 중이었나 보았다.

"그다음에 바인드 작업하고 흰색 전체 도장해야지."

율희 쌤은 연주에게 시선을 맞추었다.

"최저임금은 보장해 주는 거지?"

연주는 물었다.

"올해 시급 5,210원인 건 알고 있지?"

색깔들도 한 마디씩했다.

"시급은 당일 계산으로 해."

"당일 줘야 해."

무슨 이야기인지 궁금했지만 나만 모르는 일이라 가만히 있었다.

"물론 주지. 그런 건 걱정하지 마. 근데 지금 모금 중이라서 당장은 곤란해."

"왜?"

노랑머리가 물었다.

"재개발 반대 취지를 열심히 알리고 있기는 한데 아직 홍보가 덜 됐거든. 거리 벽화가 그려지기 시작하면 그게 홍보가 되는 거야."

"그럼 언제쯤부터 받을 수 있는 거야?"

"일단 벽 고르고 초벌을 발라야 하니까……."

"나는 시급 받을 수 있을 때부터 할게."

연주가 말했다.

"나도."

"나도."

색깔들도 말했다.

"너희들은 이 마을이 재개발되었으면 좋겠어?"

율희 쌤은 잔뜩 인상을 쓰며 말했다.

"무급으로 하겠다는 자원봉사자들도 많아. 며칠 기다려 주는 게 그렇게 억울해?"

"율희 쌤 부자잖아."

노랑머리는 바로 대꾸했다.

"쌤 저축한 돈에서 미리 땡겨 주는 방법도 있잖아. 무급으로 하겠다는 자원봉사자들도 많은데 조금도 손해를 못 보겠어? 그렇게 억울해? 있는 사람이 더하다더니."

공기가 팽팽하게 당겨졌다.

화살을 날린 건 연주였다.

"나는 다른 알바 구할래. 손가락 아르바이트 지금도 할 수 있니?"

"안 돼!"

대답한 건, 나였다. 시선이 일제히 나한테 꽂혔다. 나는 할 수 없이 어물거리다가 대답했다.

"위험하잖아."

사람들의 시선은 빠르게 거두어졌다. 나는 좀 멋쩍어서 창가로 갔다. 달님은 내가 모르는 이야기들을 빛으로 덮어 주었다. 시급에 대한 조정은 끝났는지 분위기가 한층 누그러지고 있었다.

색깔들의 배고프다는 성화에 못 이겨 율희 쌤은 차를 끌고 분식을 사러 가고 우리는 바람을 쐬자는 핑계로 나란히 지붕 위에 올라앉았다.

나는 연주와 둘이 있을 때를 노렸지만 결국 포기하고 물었다.

"학교는 정말 관두는 거야? 언제까지 다니는 거야?"

대답을 한 건 노랑머리였다.

"오늘. 학교는 오늘로 디 엔드. 연주야, 기분이 어때?"

나는 깜짝 놀라 연주를 돌아보았다.

"담임이 나보고 회사 사표 쓰듯이 학교를 관둔다고 하더라."

"그걸로 끝이야?"

연주는 고개를 끄덕이며 대답했다.

"응, 고등학교는 의무교육이 아니니까."

나는 다시 물었다.

"담임이 그렇게 쉽게 허락해?"

"내가 공부 못해서 그런가 봐. 어제 상담하고 오늘 자퇴 서류 쓰고 왔어."

헛웃음이 나왔다. 나는 어쩌면 연주 아줌마와 담임 선생님을 믿었는 지도 모르겠다. 연주가 아무리 학교를 관두고 싶다고 해도 그건 자기 혼자 결정할 문제가 아니라고 생각했던 것이다. 아니 결정할 수 없는 일 인 줄 알았다. 누군가는 연주를 설득하거나 누군가는 끝까지 허락을 하 지 않아서 결국에는 연주도 포기할 수밖에 없을 줄 알았다.

"진짜 관둔 거야?"

목소리가 퉁명스럽게 나갔다. 다들 나를 뜨악한 표정으로 돌아본 건 알고 있었다.

"아무도 말리지 않았어?"

"나도 아무도 말리지 않았어."

불쑥 빨강머리가 대답했다.

"심지어 아버지는 나한테 병신 새끼라고 하면서 꺼지라고 했어!"

언젠가도 들은 소리였다. 빨강머리는 마치 처음 하는 이야기처럼, 바로 엊그저께 있었던 일처럼 흥분해서 소리쳤다.

"그런 소리 안 들은 것만 해도 연주 너는 인복이 있는 거야!"

"지겹다."

노랑머리가 말했다.

"빨강이, 네 피해 의식 정말 지겨워."

연주도 짜증을 냈다.

"너희들은 내 맘 몰라!"

빨강머리는 분한 듯 목소리를 높여 소리쳤다.

"왜 내가 네 마음을 알아야 하는데?"

연주는 정말 궁금하다는 듯이 물었다. 빨강머리는 무서운 눈으로 연주를 한참 쏘아보더니 우당탕탕 소리를 내며 지붕에서 사라졌다.

"심했나 봐."

내 말에 연주는 심드렁하게 대답했다.

"사실인데 뭐."

노랑머리가 말했다.

"우리도 처음에는 받아 줬어. 근데 위로하고 그러는 거 쟤한테 하나도 도움 안 돼. 만날 아빠 탓만 하고, 선생님 탓만 하고 그러니까. 요즘에는 우리 탓도 하고. 그렇게 남 탓만 하다 보면 진짜 자기를 잃어버려.

그러니까 아프더라도 이런 소리 좀 들어야 해. 연주가 잘한 거야. 근데 문제는 연주는 쟤를 위해서 한 소리가 아니라는 거지."

"난 사실을 말한 거야."

연주가 말했다.

"연주는 사실을 말한 거라는 거지."

노랑머리는 말을 마치고 낄낄댔다.

우리 주위를 어슬렁거리던 냥이는 보란 듯이 몸을 날려 다른 지붕으로 넘어갔다. 고양이를 쫓던 시선으로 연주를 보았다. 연주는 교실과 어울리는 아이는 아니지만 연주가 없는 교실은 도저히 상상이 되지 않았다.

이제 좀 가까워졌다고 생각했는데, 앞으로 나는 어떻게 해야 하는 걸까? 나는 연주 동굴이 열리지 않도록 숨을 크게 들이쉬었다. 연주는 나에 대해서 어떻게 생각하고 있을까? 우리는 어떤 관계일까? 나는 왜 연주한테 고백하지 못하는 걸까? 고백하면 우리 관계는 어떻게 변하는 걸까? 연주는 내 고백을 받아 줄까?

"벽화 그리는 거 구경하러 와도 돼?"

나는 내 옆에 앉은 연주와 그 옆으로 앉은 노랑머리를 번갈아 보며 물었다. 이방인 같은 느낌은 어쩔 수 없었다.

"길거리에서 그리는 건데 구경하는 걸 무슨 수로 막아. 연주야, 노래는 완성했어?"

"뭐, 대충."

노랑머리와 연주는 내가 낄 수 없는 이야기를 했다.

"벽화 정도 그리는 걸로 재개발을 막을 수 있을까?"

노랑머리.

"율희 쌤은 과정을 더 중요하게 하니까. 아마 못 막아도 상관없다고 생각할걸."

연주.

"하여간 무책임해. 만약 떠났던 마을 사람들이 돌아오고 난 다음에 철거되면 두 번 죽이는 거잖아."

노랑머리.

"그 과정을 다 다큐로 찍는다고 하더라."

연주.

"찍는다고 방송되나?"

노랑머리.

"율희 쌤은 방송 안 돼도 상관없다고 생각할걸."

연주.

그리고 노랑머리는 습관처럼 이야기를 섞어서 말했다.

"연주, 너는 어디 여행이라도 갔다 와라. 학교 다니느라 힘들었을 텐데."

그러고는 시선을 나에게 돌렸다.

"연주 친구, 넌 이제 여기 오지 마. 오늘 낮에 너희 어머니 왔다 갔다. 자기 앞가림도 못 하는 마마보이 재수 없어."

노랑머리는 나를 노려보고는 지붕을 내려가 밤방으로 건너갔다.

나는 그대로 얼음이 되어 뭐라고 말을 할 수가 없었다. 얼굴은 순식간에 벌게졌다.

"그래, 너 여기 오지 마라."

그 소리에 연주 동굴이 열렸다. 동굴은 산사태가 난 것처럼 와그르르 허물어지기 시작했다. 가슴이 쿵, 하고 내려앉는 것 같았다.

"알았지?"

허물어진 동굴은 순식간에 깊어져 가슴 저 깊은 곳에서 다시 산사태가 났다.

"싫어."

나는 아주 조그만 소리로 웅얼거렸다.

"왜?"

연주의 물음에 나는 대답하지 못했다. 너무 부끄러웠다.

엄마와 나는 마치 끝나지 않는 술래잡기를 하고 있어서 술래한테 잡힐까 봐 끊임없이 장소를 옮겨 다니고 술래는 영원히 술래를 하기 위해 게임을 끝내지 않는 것만 같았다. 술래가 못 찾겠다 꾀꼬리를 외칠 생각이 없다면 내가 밖으로 나가야 한다. 더 이상 숨으면 안 된다. 나는 과연 그럴 수 있을까?

"왜?"

연주는 다시 물었다. 연주의 눈에 놀리는 빛이 있어서 나는 대답하기가 힘들었다. 열일곱 생일에 어른이 되기로 결심한 아이한테 어울리는 남자 친구는 적어도 마마보이이면 안 될 것 같았다.

"난 마마보이 아니니까."

"……."

"마마보이 아니라는 거 증명하면 되는 거지?"

나는 연주의 서늘한 옆얼굴을 훔쳐보며 말했다. 연주는 어느 틈에 자기 발치에 배를 깔고 누워 있는 냥이 목덜미를 쓰다듬으며 이야기를 시작했다.

"냥이가 문에 꼬리를 찍혀서 다쳤던 적이 있거든. 근데 피를 질질 흘리면서도 도망치려고 하는 거야. 그렇게 나를 졸졸 쫓아다녔으면서도 본능적으로 몸을 피하려고 했던 거지. 내가 밤방에 가둬 버렸잖아. 지랄하게 한참 두고, 캔참치도 하나 먹이고 진정시킨 다음에 율희 쌤 친구 수의사 불러 치료했어. 큰일 날 뻔했어. 꼬리가 완전히 잘릴 뻔했거든. 잘리지 않았더라도 바로 치료 못 했으면 오랫동안 아팠을 거야, 냥이."

냥이는 자기 이야기를 하는 게 꽤 기분 나쁘다는 듯이 연주를 한번 쳐다보더니 가볍게 몸을 일으켜 도도하게 걸어갔다.

"그 얘기를 왜?"

나는 물었다. 이 난감한 상황에서 왜 냥이 이야기가 나오는지 알지 못했다.

연주는 두 무릎을 세워 얼굴을 얹고는 고개를 돌려 나를 보았다.

"어제 나 꼭 냥이 같았어."

연주는 내 눈을 들여다보았다.

"네가 냥이면 나는 누구?"

나는 물었다. 연주의 커다란 눈동자가 하는 이야기를 꼭 듣고 싶었다.

"바보!"

연주는 말하면서 느닷없이 몸을 흔들었기 때문에 상체가 뒤로 기울었다. 나는 재빨리 팔을 뻗어 연주의 등을 받았다.

"어이쿠!"

연주는 깜짝 놀라며 얼른 자세를 바로 하더니 멋쩍은 듯이 웃었다. 붉은 비가 내리기 시작해 연주는 빨간 고양이가 되어 가는 중이었다.

"엄마는 이제 여기 안 올 거야. 내가 못 오게 할 거니까."

말을 하고 나니 내가 마치 오래전부터 그럴 작정을 했던 것처럼 느껴졌다.

"네가 그날의 냥이처럼 상처 받으면 나도 옆에 있어 줄게."

"5월 22일?"

내가 그렇게 물었던 건 순전히 빨간 고양이한테 홀렸기 때문이다.

"아빠 만나기로 했어?"

돌이키기에는 뭔가 늦은 감이 있었다.

"혹시 그날 네 생일이야?"

여기서 물러서면 또 마마보이라고 놀림을 받을 것 같았다.

"너도 나 따라 하는 거야? 열일곱 생일을 위한 셀프 선물?"

나는 얼떨결에 고개를 끄덕이고 말았다.

"역시……."

연주는 무슨 말인가를 하려다가 관두고는 느닷없이 다가와 내 볼에 뽀뽀를 했다. 나는 다시 얼음이 되었다.

그때 밤방 문이 활짝 열리며 율희 쌤이 소리쳤다.

"밥 먹자!"

16

나는 집에 도착해서야 윤호한테 핸드폰을 되돌려 받지 못한 걸 알았다. 전원이 꺼져 있는 것에 상관없이 엄마는 신기록을 갱신하여 전화를 했는지도 모를 일이었다. 현관 비밀번호를 눌렀다. 삐리, 하는 바람 빠지는 소리뿐이다. 엄마는 다시 번호를 바꾼 것이다. 나는 쪼그려 앉아 연주가 그러는 것처럼 무릎 위에 얼굴을 올리려다가 실패하고 말았다. 고양이처럼 몸을 동그랗게 마는 그런 자세는 아무나 되는 게 아니었다.

몇 시쯤 되었을까? 가늠을 할 수 없다.

밤방에서 일찍 일어날 수 없었던 이유는 너무나 많았다. 노랑머리에게 마마보이가 아니라는 걸 증명하기 위해서 집에 일찍 들어가는 것 따위야 말로 진짜 '따위'에 불과하다는 걸 보여 주어야 했고, 내일로 다가온 거리 벽화 행사를 준비하느라 연주가 기타를 치고 있었고, 가장 중요하게는 율희 쌤이 먼저 일어나고 빨강머리가 모임이라고 부르는 곳으로 가고 난 후에도 노랑머리가 일어서지 않았기 때문이다.

셋이 남았을 때 나는 노랑머리에게 물었다.

"우리 엄마가 혹시 너한테 뭐라고 했냐?"

"그런 건 너희 엄마한테 물어야쥐이."

아기를 달래는 듯한 말투에 기분이 나빠져 입을 다물어 버렸다.

"그만해. 호세 마마보이 아니야."

연주가 진지하게 말했다.

"그럼 파파보이인가?"

노랑머리는 쌍꺼풀진 눈을 천천히 깜빡거리며 진지하게 묻고는 픽, 웃었다.

"호세 아빠 없어. 아니지, 있는데 없다고 해야 하나. 암튼 같이 안 산지 오래됐어."

연주가 말해 주었다.

"전혀 그래 보이지 않는데?"

"아빠 없는 사람은 어떻게 보여야 하는데?"

내가 물었다.

"하긴 그것도 그러네. 미안."

노랑머리는 어설프게 경례까지 붙이며 사과했다.

한동안 셋 다 말이 없었다. 누가 말하지 않고 더 오래 참을 수 있나, 그런 내기를 하는 것처럼 각자의 숨소리만 눈빛처럼 얽혔다.

"어째 제대로 된 집구석이 하나도 없네."

침묵을 깬 건 노랑머리였다.

"뭐 보기 드문 현상은 아니지만."

"너네 집구석은 멀쩡하잖아."

연주가 말했다.

"그렇지, 깜빡했다. 제대로 된 우리 집구석."

노랑머리는 킥, 웃더니 창가로 가서 비스듬히 섰다.

"우리 부모님 참 좋은 사람들이야."

노랑머리 뒤로 보이는 달님은 자꾸 구름 속으로 숨었다.

"부모님은 늘 말씀하시지. 우리처럼 살지 말아라. 네 인생은 네가 책임을 져라. 근데 그거 아니? 그런 말이 영화의 한 장면처럼 자식에게 감동의 파노라마를 전달하기 위해서는 부모가 돈도 많고 명예도 있어야 한다는 거야. 자식이 부모 빽 믿고 인생 허당으로 살까 봐 걱정하는 부모의 교육법이랄까. 자식은 알고 있어. 자기가 어려울 때 부모가 도와줄 거라는 걸, 부모가 자신의 울타리가 되어 줄 수 있는 능력이 있다는 걸 아는 거지. 자기를 강하게 키우려고 그러는 걸 알아. 그러니까 감동의 파노라마도 되는 거고.

네 인생은 네가 책임을 져라. 나는 이 소리를 초등학교 때부터 들었거든. 나는 아주 잘 알고 있거든. 우리 부모님이 돈도 없고 빽도 없고 아는 것도 없고, 암튼 정말 나한테 줄 수 있는 게 없다는 걸. 자기네들 인생도 버거워한다는 걸. 이렇게 살아야 하는지 모른다는 걸. 내 인생 내가 책임을 질 수밖에 없다는 걸. 아, 갑자기 슬퍼진다. 부모님은 대신 나한테 자유를 주겠대. 선택의 자유. 내가 어떤 일을 하건 반대하지 않겠다는 거야. 반대할 자격이 있기는 한 거냐? 부모가 맞냐? 가족이 맞냐? 졸라 해 줄 거 없으면 같이 고민해 보자, 같이 노력해 보자, 같이 책임지자. 이래야 하는 거 아니야? 근데 우리 부모 왜 그러는지 알아? 왜 내 인생에 전혀 간섭하지 않으려는 줄 알아?"

목소리를 높여 이야기하는데도 묘하게 덤덤한 말투였다. 노랑머리는 재미있다는 듯 웃기까지 했다.

"정말 몰라서 그런 거야. 정말 몰라서. 졸라 제대로 된 집구석이야."

노랑머리는 그제야 집에 가려는지 가방을 챙기면서 말했다.

"연주 친구, 너희 엄마 문이 부서져라 쿵쾅거리고 갔어. 내가 안 열어 줬거든. 시끄러워서 죽는 줄 알았다. 담에 또 그런 일 있으면 문 두드린 숫자만큼 세서 내가 너 패 버릴 거야. 그런 줄 알아. 너네 집구석은 우리 집보다 더 진상이야."

나는 다시 얼굴이 벌게졌다.

연주가 내 어깨를 툭툭, 두드리고는 일어섰다. 위로인가? 힘내라는 뜻인가? 노랑머리가 하는 말이 다 맞는 소리니까 한번 잘 생각해 보라는 뜻인가?

연주는 가방을 메고는 노랑머리 옆에 나란히 섰다. 노랑머리는 아무렇지도 않게 연주 어깨에 손을 올렸다, 지난번처럼. 연주는 가만히 있었다, 지난번처럼.

나도 가방을 메고 일어섰다. 노랑머리는 핸드폰 플래시를 켜서 연주 발밑을 밝혀 주었다. 3층밖에 안 되는 계단이 꽤 길게 느껴졌다. 나는 왜 한 번도 이런 생각을 못했을까? 늘 연주의 라이터 불빛에 의지해 계단을 내려가곤 했다. 그런 게 화가 났다. 내가 아무 생각 없는 어린아이 취급을 받는 게 견딜 수 없었다. 실제로 내가 그런 아이일까 봐 겁이 났다.

벌떡 일어섰다. 엄마가 그랬던 것처럼 현관을 주먹으로 쳤다.

쾅!

엄마는 어떤 생각으로 밤방의 문을 두드렸을까?

쾅! 쾅!

엄마는 대체 내 인생을 어떻게 하고 싶은 걸까?

쾅쾅쾅! 쾅쾅쾅쾅! 쾅쾅쾅쾅쾅!

"미쳤어!"

문은 엄마가 내뱉는 소리와 함께 열렸다.

"미쳤니?"

엄마는 단단히 화가 나 있었다. 현관으로 들어가려는 나를 밀치기까지 했다.

"뭐하는 짓이야?"

하고 싶은 말은 너무 많았다. 하고 싶은 말은 너무 많은데 목구멍이 순식간에 뭔가로 꽉 메워져 버렸다.

"뭘 잘했다고 문을 두드려? 어디서 오는 거야? 지금 몇 시인 줄 알고 있어? 엄마가 얼마나 오랫동안 기다린 줄 알기나 해? 대체 요즘 왜 그러는 거야?"

목구멍이 뻑뻑해 왔다. 할 말로 가득 찬 목구멍은 숨을 받아들일 공간이 없었다. 나는 숨을 쉬기 위해서 말을 해야 했다.

"엄마, 거기 가지 마."

"얘가 뭐라고 중얼거리는 거야?"

"거기 가지 말라고."

"거기라니? 무슨 말을 하는 거니?"

"다 알고 있어."

"엄마는 아무 데도 안 갔다. 그러니까 너는 엄마 말을 믿어야 하는 거야."

"엄마!"

"그리고 넌 엄마한테 일일이 보고해야 하는 거야."

순간 엄마의 눈동자 속에서 내가 사라졌다.

"엄마는 그럴 권리가 있어. 알아야 할 권리가 있다고. 엄마는 널 아빠 없이 키우고 있잖니. 그러니까 우리는 더 가깝게 지내야 하는 거야. 너는 아빠도 없으면서 엄마까지 잃어버리고 싶지 않겠지? 고아로 지내고 싶은 건 아니지? 고아로 살면서 아무 데나 너 가고 싶은 데 가고 들어오고 싶을 때 들어오고 이상한 양아치 같은 애들하고 담배나 피면서 뒹굴고 싶은 건 아니지?"

"내 마음이야."

"그래, 그러니까 앞으로…… 뭐? 너 지금 뭐라고 했어?"

"내 마음이라고. 내 인생이니까."

거기까지 말했을 때 나는 뺨을 맞았다. 어찌나 세게 맞았는지 얼굴이 돌아갔다. 더 놀란 건 가슴이었다. 벌은 받았어도 손찌검을 당한 건 처음이었다.

엄마도 놀란 눈치였다. 손을 뻗어 내 얼굴을 감싸려는 걸 팔로 탁, 뿌리쳤다.

"나 때문에 자꾸 죽겠다고 하지 말고 엄마도 이제 엄마를 위해 살아."

나는 그렇게 말하고 엄마의 뜨거운 시선을 받으며 방으로 들어왔다. 뺨은 화끈거리는데 이상하게 시원한 느낌이었다.

컴퓨터를 켜고 푸른나무치과에 접속했다.

내 생일, 5월 22일은 금요일이었다. 얼떨결에 연주와 한 약속을 나는 지킬 수 있을까? 아빠는 사진 속에서처럼 나를 보고 웃을까? 나는 이제 아빠라고 하지 말고 아버지라고 해야 할까? 아버지, 안녕하세요?라고 해야 할까?

17

잠은 오지 않았지만 두 눈을 감고 자리에 누웠다.

안방 문이 열리는 소리가 들리고 엄마가 마루를 서성이는 소리가 들릴 때마다 꿈이 아니라는 것을, 내가 아직 잠들지 않았다는 것을 알았다. 눈을 살짝 뜨고 시계를 보았다. 달빛에 어렴풋이 보이는 시계는 새벽 3시를 넘어서고 있었다.

살그머니 방문이 열렸다. 나는 다시 눈을 꼭 감았다. 엄마는 침대 참에 앉더니 중얼거렸다.

"엄마한테 그렇게 해 대 놓고 잠만 잘 자는구나, 나쁜 놈."

눈은 저절로 떠졌다.

"안 잤어요."

나는 벌떡 일어나 앉으며 말했다.

엄마는 놀라는 눈치더니 얼굴 표정을 수습하고는 말했다.

"당연하지. 너도 못 자야지."

그건 꽤 만족스러운 얼굴이었다.

"왜요?"

"엄마 아들이니까. 효자 아들이잖니."

희미한 달빛은 자꾸 구름 속으로 숨고 있었다. 어쩌면 달님은 그대로 인데 구름 혼자 분주한지도 몰랐다. 달빛이 구름에 가려질 때마다 엄마 얼굴에 기괴한 그림자가 드리워졌다. 마치 엄마가 아닌 것만 같았다.

달님이 구름 속으로 숨어 버려 엄마 얼굴이 완전히 빛을 잃었을 때 나는 더 이상 참지 못하고 물었다.

"나는 좀 행복하면 안 돼요? 엄마가 불행하면 나도 불행해야 돼요? 엄마는 언제까지 불행할 건데요? 끝은 있는 거예요?"

그림자에 가려진 엄마가 어떤 표정을 짓고 있는지 알 수 없었다.

"아빠가 오면 끝나요? 그때는 행복해도 되는 거예요? 아빠가 올 수는 있는 거예요?"

하지만 잠깐이었다. 구름은 또 빠르게 달님을 벗어나 엄마는 이내 얼굴을 드러냈다.

"너 대체 왜 이렇게 변한 거니? 얼마나 착한 아들이었는데……."

달빛이 비추는 엄마의 두 눈동자는 텅, 비어 있었다.

"널 어쩌면 좋니?"

엄마는 의사로부터 어떤 선고를 받은 사람처럼 얼굴에 절망이 가득했다.

"난 어쩌면 좋아? 남편한테도 버림받고 하나밖에 없는 자식한테도 버림받고."

순간 엄마의 눈빛이 이상하게 빛났다.

"너 혹시 이모 만난 거니?"

엄마는 다 알고 있다는 듯이 물었다.

"응? 그래? 걔한테 무슨 소리 들은 거야?"

엄마는 내 얼굴을 살피기 시작했다.

"아빠에 대해서 무슨 소리 들은 거지? 그래서 엄마한테 화난 거지? 그래서 이렇게 못되게 구는 거야? 맞지?"

나는 이제 아빠가 궁금하지 않았지만 자리에서 일어나 침대에 걸터앉으며 물었다.

"변명해 봐."

엄마의 눈빛이 흔들렸다.

"이모가 뭐라고 했는데?"

"변명해 봐."

"건방진 자식."

엄마가 그렇게 말했을 때 나는 한편으로는 다행이라는 생각도 들었다. 하지만 왜?

"엄마가 널 위해서 얼마나 희생하고 사는지도 모르고, 뭐? 변명을 해보라고? 기가 막혀."

"변명할 거 없는 거지?"

"그래, 없어."

엄마는 천천히 눈을 감았다가 떴다. 굵은 눈물 한 줄기가 엄마의 뺨을 타고 흘렀다. 나는 그 모습이 보기 싫어서 고개를 돌렸다. 숨이 막히는 것만 같았다. 나를 숨 막히게 하는 엄마가 싫었다. 누군가 나 때문에 울고불고하는 것이 넌더리났다. 이 모든 게 다 아빠 때문이라면, 아빠를 다시 돌아오게 하기 위한 거라면, 아빠가 돌아오지 않는다면!

티셔츠를 꿰어 입었다.

"뭐 하는 거야?"

바지도 갈아입었다.

"집이라도 나가겠다는 거니?"

"바람 좀 쐬고 올게."

나는 엄마한테 안겨 울고 싶은 어린 나를 진정시키며 현관에서 신발을 신었다.

"넌 나쁜 애야."

엄마는 차갑게 말했다.

"너 그건 알아야 해. 엄마가 그랬던 건……."

나는 엄마의 눈동자를 보았다, 붉게 충혈된.

"다 너를 위해서였어."

대체 무슨 일이 있었던 걸까?

"학교 가기 전에 올 거지?"

나는 등 뒤로 문을 닫으며 긴 숨을 토해 냈다.

새벽 거리는 쓸쓸하고 또 무섭기도 했다. 인적 없는 거리를 사람을 무서워하며 또 사람을 그리워하며 터벅터벅 걸었다. 천천히 걷는 것이

어색했다. 이 시간에 거리에 있는 것도 처음이었다.

걷다 보니 전철역이 나왔다. 아빠한테 가려면 이 역부터 시작해야 한다. 천천히 계단을 내려갔다. 첫차가 몇 시부터인지 궁금해 하며 출입구 쪽으로 걸음을 옮겼다. 출입구에는 사람이 들어가지 못하게 꽤 튼튼해 보이는 셔터문이 내려져 커다란 자물쇠까지 달려 있었다. 나는 마치 내 눈에서 레이저가 나와 자물쇠를 부숴 버릴 수 있는 것처럼 고개를 푹 숙이고 오랫동안 자물쇠를 노려보았다.

18

내가 꾸역꾸역 학교에 갔던 이유는 순전히 연주 때문이었다.

4분단 맨 끝자리, 교실 뒷문 바로 앞자리, 반 아이들이 한눈에 보이는 바로 그 자리는 비워져 있었다. 당연하지 않은가? 연주는 학교를 관뒀으니까.

나는 털썩 연주 자리에 주저앉았다.

"뭐냐?"

"진호세 또야?"

연주가 학교를 관둔 걸 모르는 아이들은 호기심을 드러내며 슬쩍슬쩍 웃었다. 사람이 회사를 다니다가 관둬도 송별회 정도는 하는데 연주는 그냥 증발해 버렸다.

나는 한동안 연주 자리에 앉아 있었다. 두 손을 깍지 껴 이마에 괴고 책상을 뚫어져라 보았다. 마치 연주가 거기 있어 무슨 대답이라도 해 줄 것처럼. 그러다가 책상 한 귀퉁이에 네임펜으로 낙서해 놓은 것을 보게 되었다. 고냥이와 호냥이라는 글자가 위아래로 적혀 있고 하트가 그려져 있다. 고냥이는 밤방의 냥이, 호냥이는? 설마 나? 생각해 보면 조건이 있기는 했지만 첫 키스를 먼저 제안한 것도 연주였다. 혹시 연주가 나를 좋아하는 걸까? 그래서 자기가 냥이를 좋아하니까 내 이름과 냥이를 합쳐서 호냥이라고 한 것일까? 우리 이름들을 하트 속에 담아 둔 것일까? 마음속에 담아 두는 것처럼? 가슴이 뛰기 시작했다. 그러면 연주한테 고백을 해도 되는 걸까? 아니, 어서 빨리 고백을 해야 하는 걸까? 어쩌면 연주는 내 고백을 기다리고 있는 걸까?

나는 종례가 끝나자마자 튈 생각으로 만반의 준비를 하고 있다가 그만 윤호한테 잡히고 말았다.

"우정이 먼저냐, 사랑이 먼저냐?"

요즘 들어 부쩍 유치한 질문으로 나를 들들 볶더니 단단히 삐친 얼굴이었다.

"몇 년 우정보다 한두 달 사랑이 더 중요하다는 거지? 나는 그냥 김연주 들러리나 서란 말이지?"

"한두 달이 아니라 세 달."

"그거나 그거나."

"나도 똑같이 해 줄게."

"뭘 이 자식아!"

윤호는 흥분해서 대꾸했다.

"너한테 여자 친구가 생기면 뭐든."

윤호는 뭔가 단단히 작정을 한 모양이었다.

"내가 너라면 그렇게 하지 않아."

"……."

"나라면 널 데리고 다닐 거야."

"……."

"김연주 학교 안 나오니까 자율학습 신청서도 안 내고. 혼자 야자 할 때 얼마나 짜증 나는지 아냐? 네가 김연주랑 낄낄거리며 놀 거 생각하면 공부가 하나도 안 된단 말이야."

"아줌마는 어떻게 하고 같이 놀아?"

진심이었다.

"우리 엄마 뭐?"

윤호는 잔뜩 빈정 상한 얼굴로 되물었다.

"아줌마 네 기사잖아. 어떻게 따돌리려고?"

"엄마를 왜 따돌려? 엄마는 만날 나 때문에 자유가 없다고 짜증 내는데. 학교 오지 말라고 하면 좋아하겠지."

그런 거였나? 나는 몰랐다. 윤호가 반듯한 건 아줌마가 그런 걸 원하기 때문이라고 생각해 왔다.

"그럼 야자 안 해도 돼?"

"아, 몰라. 암튼 나 오늘 너 따라갈 거야. 오늘도 안 데리고 가면 넌 친구도 아니야."

윤호가 이렇게 고집을 부리는 건 처음이었다. 뭐, 큰일도 아니었다.

"잘됐네."

마침 거리 벽화 그리는 첫날이라 이런저런 행사 중에 연주의 자작곡 공연도 있을 예정이었다. 나는 윤호한테 내 여자 친구로서의 연주를 자랑하고 싶은 마음도 있었다.

윤호는 큰소리를 친 것과는 다르게 아줌마하고 통화하면서 쩔쩔맸다.

"엄마, 오늘 개 생일이라니까. 일 년에 한 번밖에 없는 생일인데 제발 한 번만 봐 주라."

정직성은 고사하고 어째 내가 쓴 수법하고 비슷한 게 창의성이라고는 하나도 없었다.

"어우, 아빠가 출장만 안 갔으면 내 알리바이 주식회사가 돼 줄 텐데."

윤호는 멋쩍은지 나를 힐끔거렸다.

"우리는 서로한테 알리바이이거든."

그러고는 서둘러 앞장서 걸었다.

불과 몇 달 전만 해도 처음 가 보았던 길, 몇 번을 가고도 헤매었던, 결국 연주한테 전화를 걸어 물어물어 찾아갔던 길을 이제는 누군가를 안내하며 걷고 있다. 나는 굳이 고개를 들어 간판을 보지 않고도 감각으로 밤방을 찾아갈 수 있을 정도가 되었다.

예전과는 다르게 사람들이 흔한 거리가 되었지만 상가들은 여전히 셔터가 내려져 있고 집들에는 사람 사는 그림자가 보이지 않아 언제 또 어두운 골목길에 밤방만이 하얀 형광등을 켜고 있을지 모른다. 윤호가 처음 보는 밤방은 내가 아는 밤방과 많이 다를 것이다.

연주 고양이는 지붕 위에 올라앉아 있었다.

"호냥아!"

연주는 나를 그렇게 불렀다!

"뭐냐? 너네. 애칭이냐? 완전 부럽다."

윤호는 툴툴댔다.

"넌 뭐라고 불러?"

"글쎄."

"아기나 허니면 죽는다."

그래서 나는 말했다.

"냥주."

"양주?"

"냥주."

"냥을 좋아하는구나. 냥냥냥냥냥"

윤호는 그렇게 중얼거리며 내 뒤를 졸졸 쫓아 올라왔다. 밤방에는 색깔들과 율희 쌤 말고도 아저씨 몇이 더 있었다.

"오! 또 사랑스러운 십대들이네요."

카메라를 든 아저씨가 말했다. 다큐를 찍을 거라더니 감독인 모양이었다.

"십대들은 어디서나 이용당한다니까."

"이용당하고 배반당하고."

색깔들이 번갈아 말했다.

"이 동네 살던 애들이 아니니까 인터뷰는 곤란해."

율희 쌤이 말했다.

"학생들, 이따가 행사 시작하면 구경하는 사람들한테 전단지 좀 돌려
줘."

재개발 반대에 관련한 인쇄물이었다.

"우릴 찍을 거예요?"

윤호가 물었다.

"왜? 너희들도 초상권 때문에 안 되니?"

감독님은 색깔들을 곁눈질하며 말했다.

"초상권이요? 아니 그게 아니라 카메라빨이 너무 잘 받을까 걱정돼서
요."

어른들은 웃었고,

"너희들도 알바비 받도록 해."

노랑머리는 진지하게 말했다.

나는 윤호가 제법 적응을 잘하는 것 같아서 연주한테 가려고 몸을
돌렸다.

"나도 가."

윤호는 팔을 덥썩 잡으며 말했다.

"너 지붕으로 가려고 하는 거지?"

"어떻게 알았어?"

나는 깜짝 놀라 물었다.

"내 머릿속에 건축 설계도."

윤호는 지붕으로 통하는 문을 벌컥 열더니,

"대단해!"

큰 소리로 감탄사를 내뱉고는 양말도 알아서 척척 벗었다. 그러고는 문을 타고 내려가 지붕으로 올라갔다, 네 발로. 그렇게 씩씩하게 굴더니 연주 앞에서는 어째 좀 멋쩍어했다.

"인사해. 내 여친이야."

연주는 나를 살짝 째려보았지만 별말은 하지 않았다.

"김연주, 오랜만이다."

윤호는 머리를 긁적이며 인사했다. 나는 윤호의 팔을 잡아끌어 내 옆에 앉혔다. 윤호와 나, 연주는 나란히 인간 고양이가 되었다.

"여기 굉장하다. 여기서 막 자고 싶다. 밤새워 놀던가."

윤호는 흥분한 눈치였다.

"여기가 무슨 펜션인 줄 아냐? 여기는 지붕이야, 지붕. 남의 집 지붕."

나는 퉁바리를 놨다. 머릿속으로 수도 없이 그려 본, 연주와 함께 지붕 위에 앉아 눈부신 새벽을 맞는 그림에 윤호는 없었다.

사람들이 점점 몰려들고 있어서 우리는 지붕에서 내려가기로 했다. 윤호가 자꾸 배관통을 타고 내려가려고 해서 말리느라고 좀 애를 먹었다. 오랫동안 알고 지내던 녀석인데 모험심이 이렇게까지 강한 것도 처음 알았다.

율희 쌤은 머리를 틀어 올려 늘 하고 다니는 알이 빨간 방울로 묶었는데 역시 상남자였다. 색깔들 앞에서 좀 주눅 들어 보이는 것과 달리 사람들을 둘러보며 뭔가를 지시하는 폼이 꽤 그럴싸해 보였다. 윤호와 나는 하나둘 밤방 근처로 모여드는 사람들에게 인사를 하며 전단지를 나눠 주었다.

노랑머리는 밤방 바로 앞에 있는 플라타너스에 능숙하게 기어올랐다. 얼핏 보이는 얼굴이 언젠가 보았던 사다리 위에서처럼 여유 있는 웃음을 짓고 있다. 나무 몸통에서 가지로 갈라지는 틈에 다리를 걸치더니 빨강머리가 올려 주는 현수막을 건네받아 천천히 일어선다. 그러고는 나뭇가지에 현수막을 단단히 붙들어 매기 시작했다. 푸르른 플라타너스 잎들 사이로 보이는 노랑머리는 마치 나무하고 놀고 있는 것 같았다.

노랑머리를 보고 있던 사람이 나만은 아니었던 모양이다. 느닷없이 나무 밑에 윤호가 나타났다. 윤호는 노랑머리와 무슨 이야기를 나누는가 싶더니 노랑머리가 내려오고 현수막을 펼치기 위해 맞은 편 플라타너스에 올라가려고 하는 사람은 다름 아닌 윤호였다. 윤호는 다람쥐처럼 나무에 오르더니 순식간에 플라타너스에 우뚝 섰다. 색깔들은 박수를 쳤다. 하지만 현수막을 잡아 묶는 일은 어려운가 보았다. 결국 나무에 올라 일을 마무리한 건 노랑머리였다.

펼침 현수막에는 이렇게 쓰여 있었다.

우리 지금 이대로 사랑하게 해 주세요!

뭐라고? 나는 깜짝 놀라 눈을 비비고 다시 보았다.

우리 지금 이대로 살게 해 주세요!

나는 얼굴이 화끈거려 헛기침을 했다. 내가 잘못 본 것이었다.

사람들은 종이 상자나 신문지 같은 걸 깔고 아무렇게나 앉았다. 사람이 살지 않는 곳은 차도 다니지 않기 때문에 상관이 없었다. 기타를 멘 사람들이 몇 명 더 오고 본격적으로 행사가 시작되는가 보았다.

모인 사람들은 꽤 많았다. 한 60명 정도? 색깔들 말로는 동네 주민은 겨우 반 정도밖에 안 된다고 했다.

"나머지 사람들은?"

"이런 걸 좋아하는 사람들."

노랑머리가 말했다.

"이런 걸?"

내가 물었을 때 대답한 건 빨강머리였다.

"우리 아버지는 정부 시책에 반대하는 사람들은 모두 다 감옥에……"

느닷없이 노랑머리가 빨강머리 입속에 무엇인가를 집어넣었다. 덩어리가 꽤 큰지 빨강머리는 우물거리며 물었다.

"머, 야?"

"폭탄이다."

노랑머리는 말했다.

"너 앞으로 아버지 금지어야."

빨강머리는 달콤하게 웃으며 계속 우물거렸다. 노랑머리는 나한테도 커다란 초콜릿을 건넸다.

"아버지 만나러 가기로 했다며? 기분이 어때? 저기 연주 나온다."

노랑머리는 말했다. 나는 아빠를 떠올리며 치마로 갈아입은 연주를
보았다. 순간 숨이 막혔다.

연주는 발목까지 오는 검은 망사 치마를 입고 있었는데, 안에 속치마
같은 게 무릎 위까지 와서 그 아래로 다리가 드러나 보였다. 연주는 머
리에 빨간 꽃도 달고 있었는데 과연 여신 강림이었다.

"굉장해."

그렇게 말하지 않을 수 없었다.

"굉장하긴, 삼류 밴드야."

노랑머리의 눈은 이미 연주를 떠나 있었다.

이 녀석, 연주하고 아무 관계도 아닌 거겠지?

율희 쌤이 이 동네의 지난한 재개발 과정과 주민들의 고통에 대해 이
야기하고 노랑머리가 말한 삼류 밴드가 이상한 노래를 하고, 이것도 저
것도 다 하기 싫고 그냥 잠만 자고 놀기만 했으면 좋겠다는 노래였다.
드디어 여신이 기타를 치며 노래를 시작하셨다.

"이건 아버지에 대한 노래예요. 가사는 좀 여러 번 바뀌었어요. 그럼
시작합니다."

나는 열광적으로 소리를 지르며 박수를 쳤다. 윤호도 "냥주!"를 연호
하며 격렬하게 환호성을 올렸다. 연주는 우리를 보며 떨떠름한 표정을
짓더니 기타 연주를 시작했다. 여신이 연주하는 음악이니 천상의 소리
일 게 분명했다.

드디어 노래가 시작되었다. 연주는 늘 흥얼거리기만 해서 나도 가사
를 듣는 건 처음이었다.

"내 아버지는 길 가는 행인 1이에요~"

자작곡이라는 걸 알고 있는 사람들은 흥미롭게 연주를 보았다.

"내 아버지는 길 가는 행인 2예요~"

연주가 내 여자 친구라는 것이 너무 자랑스러웠다.

"내 아버지는 길 가는 행인 3이에요~"

윤호가 내 옆구리를 쿡쿡 찔렀다.

"내 아버지는 길 가는 행인 4예요~"

사람들 사이에서 킥킥, 웃는 소리가 들리기 시작했다.

"내 아버지는 길 가는 행인 5예요~"

웃음소리가 점점 더 번졌다. 멜로디까지 단조로워서 따라 부르는 사람들이 생기기 시작했다.

"내 아버지는 길 가는 행인 6이에요~"

비트 있는 기타 소리에 사람들은 점점 더 흥겨워지는 모양이었다. 나는 이 노래를 어떻게 이해해야 할지 몰랐으나 사람들한테 휩쓸리기로 했다. 막상 따라 부르니 그것도 괜찮은 것 같기도 했다. 연주는 아버지를 길 가는 행인 10까지 만들더니 드디어 가사를 바꾸었다.

"내 아버지 내 조국~"

나는 거기서 왜 조국이라는 말이 나오는지 몰랐다.

"나를 모른대요~ 날 두고 떠나가요~"

기타 연주가 다시 느려졌다.

"나 여기 있어요~ 나 여기서 살고 있어요~ 나 여기서 살고 싶어요~"

그렇게 노래는 끝이 났다.

연주는 양손으로 치마를 잡고 무릎을 굽히며 인사를 했고 나와 윤호는 또 광적으로 흥분해서 서로 부둥켜안으며 열광적으로 환호했다.

나중에 알게 된 사실인데 내 아버지는 길 가는 행인 10 다음 가사는 율희 쌤이 지은 거라고 했다. 재개발 반대와 상관없는 노래들만 불러서 율희 쌤이 연주 노래에나마 급조하여 붙였다고 했다.

"진짜 행인 10에서 끝나?"

연주는 내 물음에 빙긋이 웃으며 대답했다.

"아니. 그다음에 내 아버지는 정말 이상한 아저씨~가 나오고 끝이야."

"이상한 아저씨 전에는 어떤 아저씨 아니, 어떤 아버지였는데?"

나는 좀 심각했기 때문에 연주의 대답을 듣고 맥이 빠졌다.

"모르는 아저씨."

연주는 오랜만에 소리 내어 웃었다.

연주한테 아빠는 모르는 아저씨였다가 이상한 아저씨가 되었다. 그러면 나한테는 알던 아저씨였다가 모르는 아저씨가 되는 건가?

윤호와도 헤어져 거리를 걷기 시작했다. 나도 모르게 연주 노래를 흥얼거리고 있었다. 나도 아빠를 아저씨로 돌려줄 수 있을까? 못할 것도 없다는 생각이 들었다. 내 열일곱 생일을 기념하여 아버지라는 덫을 풀어 주는 셀프 선물, 괜찮은 것 같다.

늦은 감이 있었지만 이모한테 전화를 했다. 이모는 먼저 연락하라고까지 했으면서 엄마가 어떤 협박을 했는지는 나중에라는 말만 반복했다.

"그날처럼 한 번만 더 나를 생각해 주세요."

나는 밤방 거리에서의 이모를 떠올리며 말했다.

"모두 다 너를 위한 거야."

"거짓말."

"그래, 너를 위한다고 생각하고 있어."

이모는 고쳐 말했다.

"엄마가 감추고 있는 게 뭐예요? 나는 뭘 모르고 있는 거예요?"

이모는 오랫동안 말이 없었다. 그러더니 결심을 한 듯 말을 했다.

"다들 너를 위한다고 하니까 나도 너를 위하기로 했다."

나는 조바심이 났지만 꾹 참고 기다렸다.

"아빠는 널 보기 위해서 정말 많이 노력했어. 그건 정말 어쩔 수 없는 약속이었어. 그렇게 하지 않으면 네 엄마가 죽어 버리겠다고 했으니까."

이모는 더 이상 아무것도 물어보지 말라며 서둘러 전화를 끊었다.

걸음을 옮길 수가 없었다. 대기 중의 공기가 모두 증발한 것처럼 귀가 아파 왔다. 세상은, 얼마 동안 멈추었던 것일까? 처음으로 세상이, 나를 돌아보고 있었다.

19

어떻게 집까지 왔는지 모르겠다. 나는 현관 앞에서 잠시 숨을 고르고는 안으로 들어갔다.

아주 오래전부터 그러고 있었던 것처럼, 엄마는 단단히 벼르고 서 있었다.

"어디서 오는 거야?"

엄마는 지치지도 않는지 오늘도 어김없이 닦아세우기 시작했다.

"너 정말 이럴 거야?"

"이모한테 물어보니까 아무 말도 안 했다는데 너 대체 뭘 안다고 이러는 거야?"

"언제까지 이렇게 살 거야?"

엄마는 이상하게 생기를 띠고 있었다.

"오늘 담임 만나고 왔다. 너 대체 영어 시험을 어떻게 본 거야? 엄마는 정말 믿을 수가 없다. 성적표 나올 때까지 도저히 기다릴 수가 없어서 학원 등록했으니까 그렇게 알아. 이제 야자고 뭐고 다 하지 마."

"엄마!"

"학원에서 11시까지 자율학습시키니까 그렇게 알고. 엄마가 데리러 갈 거야."

"엄마!"

"시끄러!"

"엄마!"

"너 이런 성적으로는 아무것도 안 돼. 네 아빠가 치과 의사야. 너 치과 의사 되는 게 쉬운 줄 알아? 아빠가 의사면 너도 그 정도는 해야 될 거 아니야. 그래야 엄마가 널 키운 보람도 있는 거고. 나중에 아빠가 돌아오면 부끄럽지는 않아야 할 거 아니야, 안 그래?"

"안 그래."

나는 배에 힘을 주고 대답했다.

"너 지금 뭐라고 했어?"

"안 그렇다고. 엄마, 아빠는 안 와."

나는 또 뺨을 맞았다.

"네 아빠는 내 인생을 망쳤어. 네 인생도 망쳤다. 아빠가 오건 오지 않건 우리는 보란 듯이 살아야 하는 거야."

"아니."

나는 얼굴을 들었다.

"내 인생은 아직 시작도 안 했어."

"웃기지 마. 착각하지 마."

엄마의 눈은 빈정거림으로 가득 찼다.

엄마는 대체 무엇을, 누구를 빈정거리는 걸까?

"너는 평생 아비 없이 자란 아이라는 말이 꼬리표처럼 붙을 거다. 내가 평생 이혼녀 소리나 듣는 것처럼."

"아니."

"뭐가 아니야?"

"아니, 아니, 아니!"

나는 불쑥 말했다.

"그럼 내가 아빠를 만나고 올게."

엄마는 깜짝 놀라서 나를 보았다.

"내가 만나서 물어볼게. 다시 우리한테 올 건지, 안 올 건지."

엄마 눈이 너무 커져서 꼭 튀어나올 것만 같았다.

"너 어떻게 그런 생각을? 어떻게 그런 생각을 한 거야?"

"자식이 아버지 만나는 게 그렇게 이상한 거야?"

말하고 나서 생각해 보니 그랬다. 내가 지금껏 아빠를 만날 생각을 하지 않은 건 엄마가 원하지 않는다는 것을 너무나 잘 알고 있었기 때문이다.

"너 아빠가 어디 있는지나 알고 하는 소리야?"

"부산."

"너?"

엄마는 얼마나 놀랐는지 뒷걸음질까지 쳤다.

"언제부터? 언제부터 그 인간하고 연락하고 있는 거니? 나만 쏙 빼놓고 둘이서 내 욕한 거지, 그치? 그래서 네가 요즘 변한 거니? 그 인간이 뭐라고 했는데? 나랑 죽어도 못 살겠어서 도망쳤다고 하디? 그런 거야? 또 뭐라고 했어, 말해 봐. 언제부터야? 그 여우 같은 년도 봤니? 셋이 같이 만났니?"

엄마는 더는 견딜 수가 없는지 자리에 풀썩 주저앉았다. 나는 엄마를 일으켜 주지 않기 위해 주먹을 꼭 쥐었다. 엄마는 슬픔에 겨워 나를 돌아볼 생각도 하지 못하는 것 같았다. 나는 엄마한테 등을 돌리고 집을 나왔다.

그날처럼, 새벽이었다. 또다시 쓸쓸한 이 길을 걷게 될 줄은 몰랐다.

생각이 먼저일까, 행동이 먼저일까?

내 몸은 지금 머리를 따르고 있지 않는 것 같다. 아니, 그동안 너무 많은 생각을 해 왔던 머리가 그만 지쳐 쓰러진 것 같다. 텅 빈 느낌이 든다. 끊임없이 걱정거리를 던져 주며 나를 꼼짝도 못하게 꽁꽁 묶어 두던 머리가 쓰러지자 잔뜩 웅크리고 있던 몸이 바닥을 짚으며 일어서는 기분이다. 정신이 없는 채로 거리를 걷는다, 그런 게 가능했다. 생각이 멈춘 몸은 나를 이 거리에 어울리는 풍경으로 만들고 있었다.

내 몸은 생각 없이 행동하는 게 가능했고, 마치 밤방의 지붕 위에 있는 것처럼 자유로워졌다. 내가 만약 아빠를 만나더라도 그건 연주와의 약속을 지키기 위한 것일 뿐이며, 연주와 함께 새벽을 맞기 위한 전야제일 뿐이며, 내가 마마보이가 아니라는 것을 증명하기 위함이며, 어쩌면 부재로서의 아빠, 라는 연주와의 공통점을 만들기 위함이다. 아빠를 만나려는 이유는 연주 때문이다. 나와는 직접적으로 상관이 없다. 그러니까 나는 어쩌면 아빠를 만나러 가지 않을 수도 있으며, 아빠를 만나 상처를 입더라도 그건 상처가 아닌 게 되었다.

아빠만 떠올리면 나는 아빠가 떠났을 당시의 그 어린아이가 되어버린다는 것을 몰랐다. 그때의 좌절감이 나를 꼼짝 못 하게 한다는 것도, 엄마한테 또 버림받을 것을 두려워하는 어린아이가 된다는 것도 몰랐다.

어쩌면 이렇게 나 스스로를 감쪽같이 속였을까?

몸이 이해하는 나는 세상 밖으로 나가지 않기 위해 온갖 핑계를 대고 있는 비겁한 아이에 불과했다. 몸은 그런 나를 불편해하지 않고 지금껏 기다려 준 것이다.

아빠를 만나면 나는 어떤 냥이가 될는지 알 수 없다. 연주처럼 폭군 냥이가 되지는 않겠지만 우는 냥이거나 넋두리를 하는 냥이가 될 수도 있다. 그건 정말 알 수 없는 일이다. 5년 만에 만나는 아빠라면 감정을 계획한 대로 가져갈 수는 없을 테니까 말이다. 나는 연주 앞에서 어떤 냥이도 되고 싶지 않다. 연주 앞에서 나는 진호세 그저 나로 있고 싶다. 어른이 되어 쓸쓸해진 연주가 어깨를 기댈 수 있는 듬직한 남자 친구로 있고 싶다. 그런 이유로 열일곱 생일을 위한 셀프 선물을 미리 하는 것도 괜찮을 것 같았다.

전철역은 아침이 오기를 기다릴 수 없는 사람들을 위해 환하게 불을 밝히고 있었다. 계단을 막 내려가려고 할 때 전화벨이 울리기 시작했다. 엄마였다.

"너 어디니?"

목소리에 잔뜩 날이 서 있었다.

"위치 추적하면 다 아시잖아요."

더 이상 술래잡기는 싫다. 엄마가 정해 준 역할은 이제 지겨웠다.

"네 아빠한테 전화했더니 아무것도 모르던데. 너랑 연락한 적 한 번도 없다고 하던데. 너 도대체 엄마한테 뭘 감추고 있는 거야?"

나는 그만 발을 헛딛고 말았다.

아빠한테 전화했다니! 그런 게 가능한 거였나?

"아빠 핸드폰 번호를 알아요?"

"당연하지."

엄마는 정말 당연하다는 듯이 말했다. 나는 계단에 주저앉아 차가운 벽에 몸을 기댔다.

"근데 왜 한 번도 말하지 않았어요?"

"뭘?"

엄마는 정말 모르는 걸까?

"네가 물어보지 않았잖아."

"뭘요?"

이번에는 내가 물었다.

"네가 아빠를 좀 미워하니? 호세 널 자극하지 않으려고 말하지 않은 것뿐이야."

"엄마가 원했잖아요!"

나는 소리쳤다.

"뭘?"

정말 모르는 거예요?

"내가 아빠를 미워하기를 원했잖아요!"

"너 정말 이상하다."

"뭐가요?"

나는 목소리를 쥐어짜고 있었다. 내 속 깊은 곳에서 뜨거운 것이 올라오기 시작했다. 숨 쉬기가 곤란했다. 자리에서 일어났다. 발을 동동 구르는 것으로 되지 않아서 펄쩍펄쩍 뛰었다. 주먹으로 내가 기댔던 차가운 벽을 치고 있었다. 순간 목구멍을 꽉 채웠던 응혈이 터졌다.

"뭐가요!"

나는 소리칠 수 있었다. 입속에 어쩌면 내 속에 비릿한 피 맛이 확 퍼졌다.

"너 그만 건방 떨고 어서 들어와."

엄마는 나한테 무슨 일이 일어났는지 모르는 모양이었다.

"학교도 가야 되고 학원에도 가야 되잖아. 지금 들어오면 엄마가 다 용서해 줄 테니까."

나는 고개를 들어 내가 내려온 계단 입구를 보았다. 마치 어두운 동굴 같았다.

"그만 까불고 당장 튀어 와."

"아니요. 오늘은 못 들어갈 것 같아요."

"뭐, 뭐?"

"그렇게 아시고 전화 끊습니다. 전화 안 받습니다."

"너 지금 안 들어오면 아예 못 들어올 줄 알아!"

"상관없어요."

나는 계단을 내려가기 시작했다.

한 걸음, 한 걸음 걸어 내려갈 때마다 동굴과 멀어졌다.

그날처럼 전철 출입구에는 셔터가 내려져 있고 커다란 자물쇠가 채워 있었다. 너무 피곤했다. 다리를 뻗고 앉아 셔터에 등을 기댔다. 아빠를 만나러 가기 위해 첫차를 기다리며 나는 그만 잠이 들고 말았다.

20

'

집이 아닌 곳에서 자고 있는 사람을 깨우는 방법은 발로 툭툭, 차는
것이었다.

"학생, 집 나왔어?"

셔터에 기대고 있었던 것 같은데 옆으로 쓰러져 잠이 들었던 모양이
다. 역무원으로 보이는 아저씨가 험악하게 내려다보고 있다. 그런데도
내 몸은 여유를 부렸다. 천천히 일어나 몸에 묻은 먼지를 털고 주위를
돌아보았다. 깨끗하게 차려입은 사람들이 아저씨하고 비슷한 얼굴을 하
고 나를 피해 서둘러 지나가고 있었다. 나를 가출한 청소년이거나 비행
청소년으로 보는 것 같은 게 기분이 꽤 괜찮았다. 일부러 거들먹거리며
전철 타는 곳으로 내려갔다. 5년 만에 아빠를 만나러 가는 길에 너무
준비가 안 되어 있었다. 샤워는커녕 세수도 못했고 새 옷은커녕 옷에는
시꺼먼 먼지가 묻어 있고 주름도 장난 아니다. 그것도 마음에 들었다.

'왜?'

내 속에서 누군가 물었다. 나는 잠시 당황했다.

'왜?'

잔뜩 볼멘소리로 다시 묻는다. 그날의 어린 나였다. 생각하지 않으려고 노력하며 대답했다.

'내가 너무 차려입으면 아빠를 되게 보고 싶어 했던 것 같거든.'

'사실인걸.'

어린 나는 시무룩하게 말하고는 내 안에 자리를 잡았다.

그러거나 말거나 나는 휘파람까지 불며 전철에 올랐다. 이렇게까지 먼 곳에 혼자 가 보는 건 처음이었다.

조용하고 긴 여행이 될까?

그래, 여행이다. 나는 아빠한테 가지만 다시 돌아와야 하기 때문이다. 내가 가서 무엇을 보고 무엇을 느끼게 될지 전혀 감을 잡을 수 없다.

'울면 어떡하지?'

어린 나는 잔뜩 걱정하며 묻는다.

'난 안 우니까 걱정 마.'

'어떻게?'

'난 너보다 훨씬 크니까, 훨씬 강하거든.'

서울역에 도착해서 부산역으로 가는 표를 끊었다.

핸드폰 전원을 켰다. 캐치콜이 되어 있지 않아서 엄마가 전화를 했는지 어쨌는지는 알 수 없었지만 웬일인지 메시지는 한 개도 없었다. 윤호한테 학교에 가지 못한다는 메시지를 넣었다. 바로 전화가 왔다.

"왜? 어디 아파?"

"그런 건 아니고."

"너 혹시 냥주하고 좋은 데 놀러 가냐? 이 나쁜 놈!"

윤호의 상상력은 거기까지인 것 같았다. 가뜩이나 우정 타령을 하고 있는 애여서 사실대로 말해 주기로 했다. 나는 순간적으로 아빠, 라고 해야 할지 아버지, 라고 해야 할지 갈등했다.

"윤호야, 아빠 말이야."

내 입은 아빠라고 말했다.

"아빠 만나러 가는 거야. 지방이어서 학교는 못 갈 것 같아. 자세한 건 만나고 와서 말해 줄게."

"아저씨가 결국 너한테 연락하셨구나. 아줌마도 알아?"

윤호는 좀 이상하게 물었다.

"엄마는 내가 아빠 만나러 가는 거 몰라."

"근데 왜 아저씨가 오지 않고 네가 가?"

"아빠도 몰라. 내가 만나러 가는 거."

그리고 침묵이 흘렀다.

"너 뭘 알고 있는 거야?"

"내가 뭐, 뭘?"

윤호는 당황해서 말까지 더듬었다.

"너 나한테 숨기는 거 있으면 죽는다."

멀리서 긴 한숨 소리가 들렸다.

"너 정말 대단하다. 먼저 아빠 만나러 갈 생각도 하고. 정말 잘 생각했다."

"그러니까 뭘 알고 있느냐고?"

"나는 너 생각해서 말 안 한 거야."

"그러니까 뭔데?"

"아줌마 때문에 아저씨가 너한테 연락 못 하는 거라고. 엄마한테 들었어. 자세한 건 몰라."

엄마는 대체 우리의 가족사를 어떻게 쓰고 있는 걸까?

"알았다."

"화난 거야?"

"아니. 내 생각해서 말 안 한 거 맞아. 화 안 났어."

전화를 끊었다.

친절하게 안내 방송이 나오고 열차가 들어왔다.

'아, 가슴이 두근거려.'

어린 내가 철딱서니 없게 종알거렸다.

'놀러 가는 줄 아냐?'

핀잔을 했다.

'싸우러 가는 건 아니잖아.'

어린 나는 걱정스러운 빛이었다.

'내가 싸울까 봐 겁나?'

'조금.'

그러고는 눈을 들어 나를 살핀다. 귀찮은 생각이 들어 자리에 앉아 눈을 감았다.

화를 낼 수도 있지. 아버지 역할을 하지 않은 것에 대해 책임을 물을 수도 있어. 나는 커서 아빠 같은 사람은 절대 되지 않을 거야, 말해 줄 수도 있어. 어쩌면 한 대 칠 수도 있겠지. 얼굴 같은 데를 말이야. 키는 내가 좀 더 클 것 같아, 힘도 더 셀 것 같은데. 그런 생각을 하자 기분이 좋아졌다.

연주한테 메시지를 넣었다.

나 지금 어디 가게?
어디?

순간 손발이 오글거리는 대사가 생각났다. 그냥 질러 버리기로 했다.

네 마음.

한동안 답신이 없는 게 당황한 게 분명했다. 내가 고백을 하고 우리가 연인이 된다면 이런 메시지는 아무것도 아닐 것이다. 나는 연주가 매일매일 당황하도록 엄청 오글거리는 메시지들을 보내 줄 생각이다.

아빠한테 가는 길이야. 셀프 생일 선물 좀 당겨서 하게 됐어.
아빠? 부산?
응. 내 생일에는 너만 있으면 되니까.

연주는 또 답신이 없었다. 열차는 서울을 벗어나고 있었다. 당연하다. 시간이라는 건 앞으로만 가는 법이니까. 몇 시간 후면 나는 아빠를 보게 될 것이다.

푸른나무치과에 전화를 했다. 신호음과 함께 가슴이 뛰기 시작해서 좀 당황했다. 어떤 누나가 전화를 받았다.

"진원호 선생님 오늘 출근하셨어요?"

"네, 어디시라고 할까요?"

예상치 못한 질문에 당황했다.

"지금 진료 중이세요. 뭐라고 전해 드릴까요?"

"다시 하겠습니다."

말을 마치자마자 급하게 전화를 끊었다. 가슴에 손을 대고 심호흡을 깊게 했다.

'조금 무서워.'

어린 나는 몸까지 떨며 말했다.

'무섭긴 뭐가 무섭다는 거야?'

'아빠가 날 못 알아보면 어떻게 해?'

'못 알아보면 아빠도 아닌 거지.'

'못 알아보는 척하면?'

'그것도 아빠가 아닌 거야.'

'하지만 아빠잖아!'

나는 어린 나에게 조용히 일러 주었다.

"중요한 건 아빠가 나를 어떻게 생각하느냐가 아니고, 내가 아빠를 어떻게 생각하느냐야."

눈을 감고 의자에 몸을 묻으려는데 전화가 왔다. 연주였다.

"잘 갔다 와."

"응. 잘 갔다 올게."

"안녕하세요, 아빠라고 할 거야? 안녕하세요, 아버지라고 할 거야?"

나는 대답했다.

"안녕하세요, 아저씨."

연주가 킬킬대고 웃더니 정색을 하고 말했다.

"너무 애쓰지 마. 밤방에서 기다릴게."

전화를 끊고도 나는 핸드폰이 연주 손인 것처럼 꼭 쥐고 놓지 않았다.

'아저씨라고 그러면 나는 엄청 화를 낼 거야.'

어린 내가 잔뜩 골이 나서 말했다.

'나는 화 안 나는데.'

'왜 화가 안 나?'

'이제 아빠가 필요 없으니까.'

'거짓말하지 마!'

'거짓말 아닌데.'

'거짓말쟁이.'

'왜 자꾸 거짓말이라는 거야?'

'거짓말.'

'그러니까 왜?'

'내가 너니까.'

"내가 너니까."

나는 어린 내가 하는 말을 소리 내어 말해 보았다.

부산역에 도착했다.

부산 진구 부전1동 21-3, 머릿속으로 주소를 한 번 더 외우며 버스를 탔다.

막 자리에 앉으려는데 전화가 왔다.

"어디니?"

엄마는 잔뜩 울고 난 목소리였다.

"엄마하고 얘기 좀 하자, 호세야."

"지금 바빠, 집에 가서 얘기해."

"집에는 들어올 거니? 엄마 버리려는 거 아니지?"

엄마는 또 울음을 터뜨렸다.

"이제는 엄마가 원하는 대로 살 수 없어."

그 울음소리가 가슴을 차갑게 만들었다.

"엄마, 나는 이제 더 이상 애가 아니야. 열일곱 살이라고."

"너 진짜 변했구나."

"그래요. 그러니 엄마도 제발 변해요."

엄마가 다급하게 내 이름을 부르는 소리를 전원으로 눌러 끄고 버스에서 내렸다.

태양이 바로 머리 위에 있어 눈을 찡그리며 치과 건물을 올려다보았다.

'괜찮아? 괜찮겠어?' 어린 내가 말하고 '너무 애쓰지 마.' 연주가 말했

다. '나는 너한테 숨어 있을래.' 어린 내가 말하고 '밤방에서 기다릴게.'
연주가 말했다.

엘리베이터가 열렸다.

21

어린 나는 재빨리 숨어 버렸다. 다행이었다. 아버지와 어린 나, 두 사람을 상대하기에는 너무 벅찼다.

이제는 돌이킬 수 없다고 생각하며 병원 문을 밀고 들어섰다. 불행인지 다행인지 안에는 아무도 없었다. 전화를 받았던 것 같은 누나가 깜짝 놀란 눈으로 나를 보더니 쪼르르 달려와 진료실을 안내해 주었다. 나는 너무 늦게 아빠를 만나러 왔지만 정작 도착한 후에는 숨 돌릴 겨를도 없이 아빠 앞에 섰다.

아빠는 자리에서 벌떡 일어섰다.

잠시 서로의 시선이 얽혔다.

아빠는 병원 홈페이지에서 본 아빠도 아니었고 내 기억 속 아빠도 아니었다. 아빠는 내가 생각했던 것보다 늙지도 않았고 나보다 키가 작지도 않았다. 그게 실망스러웠는지 어쨌는지는 모르겠다.

"오느라고 힘들었지?"

살아 있는 아빠가 입을 열어 물었다.

순간 한숨이 푹, 나왔다. 어린 나를 비웃어 주었지만 그 아이도 결국 내 안에 있는 소리였다. 한순간 아빠가 나를 못 알아보면 어떡하지, 하는 걱정을 한 것이다.

"뭐, 별로요."

존댓말은 자연스럽게 나왔다. 당연하지 않은가?

"올 줄 알고 있었어요?"

뭔가가 가슴속에서 툭툭 치고 올라오고 있었다.

"네 엄마가 전화했었어."

"네, 그랬군요."

최대한 아무렇지도 않게 대답했다. 그렇게 보이고 싶었다. 아빠는 아무렇지도 않아 보였다. 그게 화가 났다.

"병원 문은 닫았다. 아빠 집으로 가자."

아빠는 밝게 말했다.

눈물의 상봉까지는 아니어도 뭔가 감동의 파노라마 같은 걸 기대한 내가 바보 같았다. 그런데도 가슴은 진정되지 않은 채 점점 더 뜨거워지고 있었다. 정말 곤란했다.

엘리베이터에는 우리만 탔다. 아빠는 15층을 눌렀다. 집은 같은 건물에 있나 보았다. 엘리베이터에는 하필 거울이 붙어 있었다. 나는 아빠를 보고, 아빠는 나를 보았다.

엄마는 아빠가 여우 같은 년이랑 바람이 나서 우리를 버렸다고 했다.

아빠 집에 가면 그 여우 같은 년이 앞치마를 두르고 나타나 밥이라도 차려 주겠다며 설쳐 댈지 궁금했다. 엄마는 아빠한테 보란 듯이 잘 살아야 한다고 했다. 아빠는 과연 우리에게 관심이나 있었던 건지 궁금했다. 시선이 다시 얽혔다. 아빠는 활짝 미소를 지었다! 정말 부적절한 타이밍이었다. 나는 결국 뜨거운 것을 쏟아 내고 말았다.

"보고 싶어서 온 거 아니에요."

"안다."

"뭘요?"

나는 고개를 돌려 아빠한테 물었다. 아빠는 거울 속에 있는 나한테 대답했다.

"엄마한테 독립 선언하려고 온 거 아니야?"

아빠는 어떻게 알았을까? 나는 그 말을 인정하고 싶지 않아서 다시 고개를 돌렸다. 거울 속의 아빠와 다시 시선이 부딪쳤다.

엘리베이터가 열리고 아빠는 현관문을 열었다.

"어머, 어서 오세요!"

여우 같은 년의 목소리가 환청으로 들렸다. 아담한 아파트에는 뜨거운 햇살이 점령해 붉게 타오르고 있었다.

"라면 먹지?"

아빠는 휘파람을 불며 주방 같은 곳으로 사라졌다. 나는 재빨리 마루를 훑었다. 마음 같아서는 안방 문이라도 열어 보고 싶었지만 꾹 참았다.

햇살은 마루를 건너와 장식장에도 붉은 그림자를 드리우고 있었다. 힐끗 아빠를 보았다. 라면을 끓이느라 여념이 없다. 나는 뒷걸음질을 치며 창밖을 내다보는 척 장식장 안을 들여다보았다. 장식장 안에는 같은 크기의 액자가 죽 늘어서 있었다.

액자 속 사진을 들여다보았다. 어린 내가 보였다. 어린 나는 젊은 아빠의 두 팔에 번쩍 들리거나 때로는 무등을 타고 있었다. 젊은 아빠는 어린 나와 키를 맞추느라 무릎으로 서서 함께 브이를 그리거나 내 뒤에서 두 팔로 커다란 하트를 만들고 있다. 눈부신 햇살에 잔뜩 찌푸린 얼굴에는 장난기가 가득했다. 어린 나와 젊은 아빠는 일부러 지루한 표정을 지어 보이고 있다. 둘은 너무 평화로워 보였다. 사진 속에서 젊은 아빠가 사라지자 홀로 남은 어린 나는 점점 크기 시작했다. 초등학교 졸업 사진을 지나 중학생이 되어 교복을 입은 모습은 꽤 심각해 보이기도 했다. 고등학교 입학 사진에서는 더 많이 자라 있었다. 그리고 얼굴에 표정이 없는 것처럼 사진 속 나에게는 이야기가 생략되어 있었다.

식탁으로 가 앉았다.

"목소리가 제일 그립더라."

아빠는 내가 장식장 안을 들여다본 일을 아는지 모르는지 말을 건네 왔다.

"사진은 말을 못 하잖니."

"그래도 보고 싶기는 했나 봐요."

"그래, 아빠는 호세가 참 보고 싶었다."

그 소리에 나는 그만 픽, 웃고 말았다.

여우 같은 년의 흔적은 어디에도 없었다. 하긴 지금 와서 그런 건 하나도 중요하지 않았다.

생각해 보니, 아빠가 끓여 준 라면은 늘 맛있었다. 나는 라면 국물을 마시는 척하며 아빠를 건너다보았다. 그러다가 눈이 마주쳤다. 멋쩍어서 그만 국물을 다 마셔 버렸다. 결국 사레가 걸리고 말았다. 아빠는 얼른 물컵을 내밀었다. 나는 물을 벌컥벌컥 마셨다.

"하나 더 끓일까?"

"됐어요."

겨우 진정하고 대답했다.

"많이 미웠을 텐데 와 줘서 고맙다."

"알아요."

나는 다시 대답했다.

"고마워하는 거 안다고요."

"그래, 고맙다."

이번에는 아빠가 웃었다.

"왜 그랬어요?"

아빠는 어떻게 대답을 할까? 무엇에 대한 왜, 라고 생각할지 궁금해하며 대답을 기다렸다.

"엄마하고 더 이상 살 수가 없었다."

아빠는 작정한 듯 말했다.

"단 한순간도 견딜 수가 없었어. 너한테는 미안하지만 아빠도 아빠 인생이 있어."

"행복하세요?"

"노력 중이야. 적어도 위선적으로 살고 있지는 않아."

아빠는 쓸쓸하게, 웃었다.

역시 아빠는 아빠 인생이 가장 중요했던 것이다. 나는 내가 자기 인생의 전부라는 엄마가 넌더리 나게 싫으면서도 아빠의 말을 듣고는 좀 쓸쓸했다. 그런 쓸쓸한 기분으로 아빠도 쓸쓸하게 웃었을 것 같았다.

물론 나는 이런 뜻의 왜를 물었던 것은 아니었다.

'왜 나한테 연락 안 했어요?'

나는 입 밖으로 내어 묻지 않았다. 그동안 나를 무기력하게 만들었던 그 질문이 이제는 의미가 없어졌기 때문이다. 엄마는 아직도 아빠를 기다리고 있다는 그런 말도 할 필요가 없었다. 그건 두 분의 문제였다. 나는 엄마가 아빠를 이용해 나를 감정적으로 조종하지 못하는 것으로 충분했다.

그만 돌아가고 싶었다.

"가끔 연락해도 되니?"

나는 그제야 아빠 눈이 붉게 충혈된 걸 알았다. 쿨한 척하더니 이제 감동의 파노라마를 시작하려는가 보았다. 하지만 나는 아니었다. 진정이 되어 가고 있었던 것이다. 또 적절치 못한 타이밍이었다.

"5년 후에 하세요."

아빠 얼굴이 순식간에 굳어졌다.

"농담이에요."

내가 말해 준 후에야 아빠는 한숨을 내쉬었다.

아빠는 나를 역까지 데려다 주었다.

"정말 안 자고 갈래?"

아빠는 뒤늦게 발동 걸린 파노라마를 연출하느라 몇 번이나 그 소리를 했다.

"엄마가 그러라고 했다니까."

"그러니까 더 안 돼요."

나는 단호하게 말했다. 내가 지금 갈 곳은 엄마가 아니라 연주였다. 연주는 지붕 위에 올라앉아 빨간 고양이가 될 준비를 하는지도 몰랐다.

"이제 아빠도 엄마가 주는 벌 그만 받아요."

내가 생각해도 정말 멋진 말이었다. 아빠는 손으로 얼굴을 문지르며 말했다.

"호세, 멋지게 컸구나."

그리고 나는 인사를 했다.

"안녕히 계세요, 아버지."

22

돌아오는 열차에서 나는 비로소 어린 내가 생각이 났다.

'왜 이렇게 조용해?'

이번에는 내가 먼저 말을 걸었다. 생각해 보니 병원에 들어갔을 때부터 내내 아무 말이 없다.

'아빠 만났을 때 왜 가만히 있었어?'

'네 체면 생각해서.'

어린 내가 대답한다.

'제법이야.'

기특한 생각이 들어 말해 주었더니 의기양양하게 대답한다.

'내가 너잖아.'

너무 졸려 눈이 저절로 감겼다. 돌아오는 내내 정신없이 잠을 잤다. 눈에 익숙한 거리가 보이자 내가 얼마나 먼 길을 다녀왔는지 실감이 났다.

연주처럼 나는 메시지를 넣었다.

곧 밤방 도착.

문득 연주 뒤를 쫓아 처음 이 동네로 들어서던 기억이 떠오른다. 불과 몇 달 전의 일이지만 나는 많이 달라졌다. 누군가의 뒤를 쫓아가는 걸음걸이와 혼자 걷기에 다른 사람의 보폭을 맞출 필요가 없는 걸음걸이는 다르다. 가야 하는 곳이 어디인지 아는 사람의 걸음걸이는 더더욱 그럴 것이다.

동네는 거리 벽화 때문에 가로등이 드문드문 켜져 있었다. 가로등이 비추지 못하는 거리는 달님에 의지하고 있었다. 골목으로 접어드니 둥근 달님 아래 빨간 고양이의 노랫소리가 들리기 시작했다. 노랫소리가 점점 가까워 온다.

"내 아버지는 길 가는 행인 3이에요~"

연주가 아버지를 길 가는 행인 10 정도로 부를 때면 나도 연주 옆에 나란히 앉아 있을 것이다. 연주가 5년 만에 아빠를 재회한 소감을 물어보면 나는 대답해 줄 것이다. 너무 시시해서 하품이 나와 죽는 줄 알았다고. 다 큰 아빠가 눈을 붉혀서 어처구니없었다는 이야기도 해 줄 것이다. 그 이야기를 하는 나는 연주 몰래 고개를 돌리며 슬쩍 웃을지도 모른다.

"안녕히 계세요, 아빠."

나는 소리 내어 말해 보았다.

"안녕히 계세요, 아버지."

살아가는 동안 어쩌면 아주 많이 하게 될 인사인지도 모르겠다는 생각이 들었다.

그 시절 우리는 곧잘 지붕 위에 올라앉아 인간 고양이가 되곤 했습니다. 지붕에는 밤에만 올라갈 수 있어서 아주 조심해야 했지만, 냥이가 나타나 어슬렁거릴 즈음이면 우리도 꽤 대범해져서 가파른 지붕 위에 드러누워 별이 가득한 하늘을 올려다보곤 했습니다.

얼마 전, 지붕이 없어졌다는 소리를 들었습니다. 우리를 정직하게 만들었던 그 지붕을 이제 우리는 가슴으로 기억합니다. 누군가와 헤어지는 일이 쓸쓸할 때마다 가슴속 지붕을 타고 오릅니다.

발밑에 닿는 축축한 촉감, 불어오는 차가운 바람, 환하게 쏟아지던 별빛, 중심을 잡기 위해 꼭 붙들어야 했던 기와의 단단한 느낌까지. 몸은 신기하게도 많은 것을 기억하고 있습니다. 그런 따뜻한 위로로 힘을 내봅니다.

안녕히 계세요, 아빠.

지붕 위에서 나에게 많은 이야기를 들려주었던, 그 이야기들이 독자를 가질 수 있도록 허락해 준 나의 멋진 청소년 친구들에게 고마움을 전합니다. 작가의 말에 이름을 올리는 것에 시큰둥하여 그 이름도 가슴으로 씁니다.

2014. 지붕 위에 오르기 좋은 계절에

이경화